我這個謎

寺山修司自傳抄

寺山修司——著
張智淵——譯

【推薦①】

逃離自己的影子

劇場導演／黎煥雄

在詩、劇場與電影的領域裡，如果要舉出三個在我這二十世紀少年心中發生過魔法、施下過咒語的名字的話，應該就會是碧娜．鮑許、塔可夫斯基與寺山修司。尤其是在三個領域同時都發散著神奇魅力的寺山修司。

從還沒有解嚴的青春時代，第一次透過地下管道看到他的電影《上海異人娼館》開始，除了輕度駭然於眾多的異色尺度，片尾克勞斯．金斯基連開三槍之後踹開房門，門外竟是一片洶湧波濤場景，彷彿才更是讓我被命中的開端，那樣自由混雜著考據與不考據、支配與反抗、革命與情慾，都拋擲進了這片超現實主義的大海。我開始追索起這個謎樣的作者，陸續出現了《死在田園》（亦有譯：死者田園祭）《拋掉書本上街去》……所有在台北找得到的影像作品（天曉得比起二十一世紀的此際那是多麼需要一種狂熱的困難），而離這個「據說」也是劇場人的電影導演過世的一九八三年還不到一個世代，但也都遲了些，只剩追趕。而在預期之外一頭栽進劇場的我，雖然不是因爲寺山的啓發，卻也私自地、深深將他的劇場傳奇當作目標鎖住，連結了自己猶仍躁動著的劇場青春。

但是，始終太不可解、太難思議到底造就了這些穿走夢與超現實作品的會是怎樣生活著的一個人？

九〇年代初期，擺盪在社會化的職場與難以放手的劇場之間的那段日子，神奇地再度遭逢寺山修司，一九九四年初次造訪已經沒有演劇實驗室「天井棧敷」的東京，太晚了嗎？寺山留下什麼在劇場裡呢？正懷疑著，卻碰巧遇上了美輪明宏主演的女裝劇《毛皮瑪麗》，那個充滿惹內風格的寺山的著名劇作，一個年華老去、卻每天還要剃著腿毛的男大姐，雖然不是劇作家親自執導的版本，但寺山的謎樣風格貫穿著……回到台北，剛好那年的金馬影展邀了一組寺山修司風格強烈的實驗短片，這是一組部分要求劇場性現場演出搭配的作品，他生前的特別助理、後來入籍成爲義弟的森崎偏陸帶著作品來到台北（也因爲他同時是在其中一部叫《Laura》的短片中被包括蘭妖子在內的三名張狂女人剝光衣服施虐、然後抱著衣物狼狽地「逃出」銀幕、奔進電影院現場觀眾席的主角），影展主辦單位讓我協助了諸多現場劇場性演出的工作，甚至，因為演員臨時缺席，我必須替補地走到銀幕後方，在《二頭女》那個現實與影子互相解離的作品裡，成為片尾現場的影子演員之一。

接著進入了自己的中年，接近了寺山修司辭世的四十七歲，更常進出東京，卻好像去一個朋友家、明知他不會在卻也無所謂的自顧連結著一個詩人的記憶。學了一點極其粗淺的日文，透過英文的翻譯與注音，就讀起了他的短歌。很長的日子裡，在終於脫離困難睡眠、從深重夢中回返、開始一日生活的時刻，我像日課般地讀一、兩首他的短歌，也藉此新學幾個日文詞彙，我有限的日文一半是寺山的語言，好像近了一些，但更常重新感到困惑——這些從少年到壯年匯聚起的鬼魅與寂寞意念，又是哪樣的謎般次元才能流淌的聲音？

我一直好奇，但畢竟已經不是一個狂熱的追索者，回頭看他的作品，他的影像是從未世故的青春暴動，劇場則像是必須穿過黑森林才能去到（還不一定找對）的遠方。也深知那與自己的風格有著距離只能保持的神祕美感，看來只剩短歌或詩集，是最長遠而平穩的聯繫了，那種異質的寂寞，即使不同次元仍輕易觸動每個人的寂寞，讓我確定自己對他的一種愛。

於是書寫著一篇想要推薦《我這個謎：寺山修司自傳抄》這本書的文字，竟又深陷某種記憶的迷宮了，但即使仍然是個介於眞實與虛構、現實與超現實之間的迷宮，寺山修司這個男人的身世終究層層疊疊、若隱若現了。你會看到《死在田園》《草迷宮》（以及劇場《身毒丸》）裡的母親原型如何還原到眞實的成長記憶，又抽長成從沾染口紅的廉價香菸漫散開的迷霧；看到《毛皮瑪麗》還原成一個其實是父親但「扮演」著母親、死去的女人卻露出長滿腿毛的屍體；看到對家的恐懼、憎恨以及相反的渴望，在無法實現的「家」的基礎上，母親，如他所言——已經不是一種人格，而是思鄉的隱喻。那麼，「我們回青森吧。」——寺山先生，我們是不是也可以在這樣謎般的自傳迷宮書寫中，把青森當作某種如二頭女般「逃離自己影子」的寂寞血緣隱喻？

而也是透過這一場肉身化的顯影（與二度的虛構），我開始感到有著虧欠的感激，他的放浪形骸、他的天馬行空（甚至他對賽馬的熱衷）。所有寂寞的詩、所有絢麗超現實的影像，其實也是那麼階級、那麼底層的，瞭解了他從來不是一個莫名的虛無者，只是用來革命與對抗的，是一種迷離的存在風格，這讓我感到重新察覺的迫切、以及重新想像寺山修司宇宙的必要。我想到那次與森崎偏陸先生短暫共處的機緣，我問起關於他們的生活，他說他像個弟弟也像個門徒，白天他出去到處玩耍時，中年的寺山辛勤而賣命地在家寫稿，玩夠的森崎深夜回家，就開始替已經累得睡著的寺山進行謄稿的工作。

我們必須感激這樣的靈魂，不管合不合時宜、夠不夠對應當代處境，這就是一個詩人的現實與價值。謝謝你，寺山先生。

【推薦②】

原來已經老了的，是我們

影評人・《釀電影》主編／張硯拓

在這本書裡，寺山修司扮演著自己人生的說書人、劇作家、演員、詩歌吟誦者，一如他在眞實人生中一樣。

生於一九三五年、卒於一九八三年（四十七歲）的寺山修司，活躍在距今半世紀前的日本，他寫作詩歌散文，創作戲劇並擔任電影導演，評論藝術還評論賽馬，被譽爲「日本新浪潮的核心人物」「亞洲前衛藝術的領航員」。他做什麼都出色，行動力十足並勇於嘗試，創立的劇團影響深遠，文集和小說直到今天仍然被重新出版，甚至改編成戲劇。

但上述這一切，對第一次閱讀本書，初次認識寺山修司的讀者來說，都不會知道。讀者將會看到一個文字輕快活潑，身世不可思議地崎嶇，對偏狹的日常細節充滿著迷，說起自己的語氣自嘲，甚至帶點惡作劇氣味的作者。在書中占了甚大篇幅的自傳式隨筆，爬梳童年，整理親情對自己的人格影響，可以說是核心。他曾在小學時爲了存錢「改手相」，偷走家裡的掛鐘想拿去賣；他在中學一年級那年，在美空雲雀〈悲傷的口哨〉歌聲裡和母親在車站訣別；他和父親在深夜衝到家門外的草地去「猜火車」的回憶，是僅有的父子連結；他在十歲那年家鄉青森遭受大空襲，在漫天如雨的燒夷彈中東躲西藏，則是地獄般的圖像……

在這些文章背後，我們看不到成長在戰後的日本，父親早逝、母親無法陪在身邊的寺山修司，對天不時地不利人不和際遇的不滿。寫作這些隨筆的他，約莫三十歲上下，有的甚至才二十多歲，但是那接受了命運，仍從中找到值得玩味的事物和付出熱情的形象，正提供了我們認知書外的他，作爲一個跨界藝術家的活力充沛。

這同時，對於母親的惦記和父親的「不在／無能」，這些在他戲劇中出現的元素，也藉由這些回憶重述，而透露些許線索。

「你今天七歲。已經獨當一面了。把你媽媽的照片和玩具埋了。」

〈啊！雨傘／引自《鼬鼠》對白〉

被迫離別和被迫長大，是寺山修司在回顧過去的時候，忍不住閃現的意象。離開母親是他的創傷，而（在他的想像中）母親對此亦無奈，無法善待他卻以反面的形式孕育了他，這或許可以被視為「時代」的象徵。反之，父親的淡漠、距離感和早早消逝，則是「歷史的產能」的無力。他厭惡鏡子，認定它帶著讓人溺死的惡意，因為波赫士寫道：「父親和鏡子皆使其宇宙繁殖、擴散」，於是他自認無法成為父親，也確實沒有成為父親。

在這種種總是挫折，卻被輕巧帶過的生命經驗裡，寺山修司示範了萬物皆可為戲，而自己就像在演出自己的人生。據說他曾瀟灑地宣稱：「我的職業就是寺山修司。」將生涯變成一場展演，不啻是面對惡世的豁達良方。

這同時，本書後半收錄了他和藝術家的交遊，以及對詩歌、文學、作者們的分析統評。有時專注在單一段落上，有的則是人物側寫，從中不難看到他和當時西方藝術界的領頭羊的接觸，也佐證了他本身「世界級」的地位。此外，他對賽馬身世的娓娓道來，津津有味的品評，勢必會讓不熟悉此道的讀者眼界／腦洞大開，為之莞爾。

整本書閱讀下來，如果沒有事前資訊，讀者甚至不會感覺到這是個「上上上一代」人物的自傳隨筆。這樣跨領域、通曉知識、對什麼都好奇的作家，若放在本世紀，將是社群網站上的風雲人物吧。然而那是半個世紀前的殘敗國度，異文化碰撞的被動洪流中，恰巧生成的一朵生命奇葩。寺山修司曾寫道，害怕自己成爲「一輩子在玩捉迷藏的鬼」，當他拿下蒙住眼睛的雙手，會發現外界已經過了好幾年。他還眞沒有料到：其實是閱讀這本書的我們，會發現自己都老了，而他依然活潑、健在。

【推薦③】

通往歷史背面的捷徑

影評人／鄭秉泓

記憶實在是非常不可靠的東西。因爲在二〇一三至二〇一七年間連續五年爲高雄市電影館策劃日本電影新浪潮導演專題，策劃出版《她殺了時代：重訪日本電影新浪潮》一書，所以很長一段時間我把大島渚和篠田正浩當成私人電影的啓蒙。這個誤認，直到閱讀《我這個謎：寺山修司自傳抄》一書，召喚出一九九四年金馬影展在大銀幕上參見《死在田園》《上海異人娼館》和實驗短片《蝶服記》《番茄醬皇帝》的震撼印象，才得以糾正過來。

永遠記得克勞斯・金斯基在《上海異人娼館》裡打開一扇門，卻見一片洶湧汪洋；念念不忘《再見箱舟》村口那個深不見底的黑洞，究竟通往何處；還有《死在田園》裡臉上塗滿白粉的少年與他母親和隔壁鄰居太太的微妙關係……二十五年前我完全沒看懂寺山修司的電影，時至今日我仍然沒有把握能夠完全理解，然而寺山修司的影像畫面早已不動聲色深植在我腦海。

他身兼劇作家、詩人、和歌創作者、演員及電影導演等多重身分，卻說「我的職業就是寺山修司」。他是哲學家，羅織著各樣不斷進行分裂再重組的謎樣場景，這些場景有著爲數不少的出口，偏偏一旦走進去就會身陷其中，進退不得。身爲他的讀者與觀眾，爲了降低闖關難度，必須攜帶這本《我這個謎》充當參考指南。

此書分成三個部分。其一是「自傳抄」，既收錄私密的童年少時記憶又剖析自己和父親母親的關係，他切入的視角非常有趣，由空襲、戰時廣播、美國以至美空雲雀，甚至從父親的嘔吐物著手。其二是「巡迴藝人的紀錄」，表面上寫各種稀奇古怪的遊歷與見聞，實則挖掘個人對於時間的見解，其中一篇〈空氣女的時間誌〉奇趣古怪，文中藉由質疑手錶和時鐘的正當性，做出如果掛鐘是「家」的隱喻、基於時針運行，那麼手錶便是等同從家逃開的浪遊馬戲團，猶如秒針忙不迭地繞行個人內心一周的創意結論。其三「我這個謎」寫寺山修司眼中奇形怪狀的藝術家們，從父親不在身邊的波赫士寫到超現實主義的達利、後現代主義的品瓊，還有新寫實主義起家卻走向不同方向的導演維斯康堤和費里尼等等。

寺山修司因爲看了同樣有嚴重戀母情結的超現實主義名導亞歷山卓・尤杜洛斯基

的《鼴鼠》而成為雨傘控。他認為雨傘不只是防雨工具，也可以變成見證兩人存在的屋頂。《草迷宮》和《再見箱舟》都有傘，豈只是傘，在寺山修司的謎樣場景裡頭，充斥形形色色令人眼花撩亂的鏡象和符號，稍一閃神就會淹沒其中。

因為錯認《死在田園》是他的自傳，便把此片和費里尼的《阿瑪珂德》連結起來，以為這是他之所以被稱為「東方費里尼」的原因。直到讀了〈《死在田園》手稿〉一文，才知他所寫的母子關係其實出自捏造——那是希望發生的，而非實際上發生過的事。創作之於寺山修司，也許更為重要的在於，針對「過去」進行創意改寫。《死在田園》之於現實，是另條平行線；然後《我這個謎》這本書之於電影《死在田園》，又是另道軸線，至於與寺山修司經歷的真實相交與否，根本沒那麼重要。

寺山修司的電影經常攸關時間、記憶與歷史，不過他在意的不是教條或數據堆砌出來的系統性圖表，而是更具有溫度的靈魂告白。尋求意義的存在本身，是更接近詩人的工作。發生的成為歷史，沒有發生的或者沒有被記載下來的，則是歷史的背面。寺山修司終其一生用創作去探究歷史的背面，《我這個謎》此書則是長驅直入這個由各項「背面」層層交疊起來的影像迷宮，最有效率的一條捷徑。

【推薦④】

面對世界的老去，為何現代年輕人需要閱讀「寺山修司」？

作家／馬欣

如同太宰治一樣，寺山修司的作品始終都有種少年感的靈魂，來對抗不動如山且無法扳倒的大人世界。

在台灣，人們熟知太宰治，他不惜以生命來反諷陳規。但寺山修司則是以活著來百鍊成鋼，他的詩歌俳句、評論、劇本與所導演的作品，曾被視爲其藝術成就可比擬義大利電影大導演帕索里尼（《索多瑪一百二十天》）的奇才。這個生於日本二戰投降前的人，童年目睹了敗戰之際，日本國內人心的浮動與尊嚴喪失，因此他的筆下文字眞的如帕索里尼的作品般是開了滿滿的惡之華。

不同的是寺山修司筆觸承襲了日本古典的冷調優美，讓他所陳述的殘酷事實，都開出敗壞中重生的異樣花朵來，散發猩紅點點的文字情調，簡直如他所說他童年時在寺院看過的《地獄圖》。

但我們現在為何提到這位昭和時代詩人與劇場鬼才？因為他的作品無比的「青春」，他那種初識世上的眼神，看待這世界是中性的、無偏斜的，妖豔且滿是赤裸的慾望，如同她身為養女的母親受人作踐的玉體橫陳，如他父親終究無法成為自己的男性悲劇，他筆下敗戰前與戰後發展快速的日本，都呈現一種慾望的奔流，讓你知道為何莎翁名著《馬克白》會寫出「美就是醜，醜就是美」的互為表裡。因此當年寺山修司開創的舞台劇團「天井棧敷」，震驚了當時封閉的日本，以前衛藝術揭開了日本的假面，開創了影視感官迸發的先驅。

二〇一七年日本上映了一部電影《啊，荒野》（這是寺山修司的唯一長篇青春小說），海報上的標語「擊碎孤獨」，並反問著觀眾：「二〇二一年，人類依舊孤獨嗎？」這齣劇的兩個年輕靈魂漂流在新宿熱鬧的「荒野」，無歸屬地找尋一個渺小的座標，打動了許多年輕人。事實上，從他逝世三十週年的二〇一三起，他所寫的歌詞與俳句，再度被掛在淘兒唱片行門口，這昭和年代的反叛青年，讓日本再度興起了「寺山熱」，點醒了寺山修司作品為何需要被現代的年輕人看見，因為他的文學描寫的這個世上並不是高牆與雞蛋的兩極，而是腐朽與青春的對照。

這世上的今日無論極權復甦還是財富的分配都老朽得如同被過去的鬼魅附身，而現世拋售的「青春」都是樣板而無靈魂的傾銷，如何讓二十一世紀的年輕人能眞正感受到「青春」的眞義，才是不分世代靈魂衰老的救援與希望。

在寺山自傳《我這個謎》裡就是呈現這樣的勃勃生機，即使他描寫的世界一如我們所知的麻痺不仁。戰敗後的日本如同世界的盡頭，人如走獸的命運，竟是他的親人的遭遇，但寺山的筆與眼仍雪亮，文學在他這本傳記中有了起身的高度，如狩獵者看著外界昏昧嗜血的老獸，準備向他撲襲而來，這才是年輕人還沒被世道擄獲前的神魂所在。

這是無關於年齡與世代，而是面對這老去的世界，我們眼中與心中是否仍有當初寺山修司筆下翻天倒海的焰火，讀他的作品，才能召喚出點「青春」的血氣，這是他爲何被讚譽爲「語言的鍊金術師」。《我這個謎》他從自己被虛構的出生地——火車開始描寫，帶出他之後深感漂浮的人生，身處亂世如觀望周遭的馬戲團。書中無論是空襲後那河裡浮沉的屍體、日本人多怕美軍的接管；將他們形容爲巨大的陽具、空中飛人的接拋自身，如此大的信任禁得起一個念頭的磨損嗎？他母親改了三個名字，也改不掉那必須以身體換取一點安全的際遇、那做刑警的父親，每次喝醉嘔吐都將穢物吐在軌道上，感受那遠離的車輪帶走他的不甘去遠方。

他形容家裡有「綻放螢火的妖光」，那是來自於父母對自己運命的「憎恨」，他更點出人的臉其實是不斷的「列印」。他如指揮「馬戲團」般將此種種化為絢爛，那些不堪與底層的無意識的過活，都被他寫出詩情的樣貌，如他所說，歷史從不是一門自然科學，歷史在讀取其中的靈魂。

我彷彿初遇見一個孩子，他看這世界仍是新鮮的，殘酷無妨、挫折無關，他用他的方式這樣愛著人細碎的歹念，日本俳句之精神，不畏世俗，自此才懂。

目錄 CONTENTS

I 自傳抄

目錄 CONTNETS

III 我這個謎

Ⅰ 自傳抄

汽笛聲

一九三五年十二月十日，我生於青森縣北海岸的小車站。然而，戶籍上是生於隔年的一月十日。當我針對這三十天的空白詢問，我的母親半開玩笑地說：「因為你是在行駛中的火車上生的，所以出生地不詳。」

實際上，我的父親是經常人事異動的地方警察局的刑警，我生於他「工作調動」的期間。但是，我生於火車上並非屬實。因為說到北國的十二月，異常寒冷，而且即將臨盆的家母不可能搭乘沒有暖氣時代的蒸汽火車。儘管如此，我對於「在行駛中的火車上生的」這個個人傳說，十分執著。

說完居無定所的記憶在自己心中多麼深刻之後，我一定會補上一句：

「畢竟，我的故鄉是火車上。」

訂購《日本週報》的家父明明是刑警，但是酒精中毒。他即使回家也不愛開口，幾乎不會對我說話。唯獨對於工作異常熱情，聽說他會若無其事地在身為思想犯而遭到逮捕的大學教授臉上，吐一口濃唾沫。

我愛摸懸掛在只能看見荒野的破落平房牆上的家父手槍。它沉甸甸的，比任何書籍都有分量。家父時不時會拆解清槍，一組裝完畢，就會四處瞄準，也不管有沒有人。它的槍口有時候會對著我的胸口，有時候會對著白雪覆蓋的荒野。

如今，我忘不了的是有一晚，結束清槍的家父像是在開玩笑似，將槍口對著神龕，一動也不動。家母嚇了一跳，臉色發青，從他手中奪走手槍，聲音顫抖地說：「你在做什麼?」因爲神龕上，掛著天皇陛下的照片。

羊水

我沒有自信能夠斷定，自己記得自己出生時的事。但是，我時常明明走在第一次經過的路，卻覺得「之前也曾經過」。長長的小巷裡，太陽下，我的影子斜倚在圍牆上。我走在酸模或毛櫻桃開花的路上，心想：「之前確實也曾經過這裡。」

於是，總覺得那是不是出生之前發生的事。心中湧現「若是自己尚未出生之前經過的路，是否順著這條路走到哪裡，就會抵達自己出生那一天」這種恐懼，以及難以言喻的期待。那是一種類似「從前存在的自己」和如今存在的自己尋求相遇的地點，四處漂泊的心情。

我的母親有三個名字，分別是阿初、阿秀和秀子。因爲她是私生女。

當時，坂本家的長男——龜太郎是電影演員，亦擅長外語，參與美國電影的字幕翻譯。他自認爲長得像路易・儒韋，是一個高瘦男子，也有傳聞說他是個「男女關係」複雜的俊俏男子。龜太郎對女傭伸出魔掌時，被父親發現，女傭馬上被趕出了坂本家。但是，據說女傭被趕出坂本家之後，發現自己懷孕，一年後生下嬰兒，將她裹在報紙裡，帶去坂本家，丟在坂本家圍牆內的麥田裡。嬰兒身旁附上一封寫著「認祖歸宗」的信，她在綠油油的麥田裡持續哭了一天。她就是我的母親——阿初。

龜太郎被父親逼問：「是你的孩子吧？」

他辯駁道「那個女人還有其他男人，我哪知道那是誰的孩子」，最終不肯承認是自己的孩子，因此阿初被送給漁夫家當養女。家母在晚年告訴我：「但是，養父在一週當中，有五天出海捕魚不在家，所以養母老是帶男人回家。誇張的時候，養母把我扔在搖籃裡，兩、三天不回來。我看著放在榻榻米上的人偶，但是手從搖籃裡搆不著，不管怎麼伸手也搆不著。那就是我忘不了的年幼時期回憶。」

結果，阿初輾轉成爲漁夫家、陋巷裡的旅館、膝下無子的官吏的養女的過程中，也長大上學。然而，她是沒有半個朋友的孤獨女學生，甚至引發了突然將暖爐燒紅的火筷，抵在班上最受歡迎的女學生身上而令其燙傷的事件。她也曾因偷竊的習慣而被責備，但她「不是想要別人的東西，而是嫉妒想要什麼就有什麼的人」。從女校畢業的阿初之所以將自己變成秀子，應該可說是爲了擺脫那種少女時期，也可說是爲了報復自己的身世。

因此，八郎和秀子，也就是我父母組成的小「家庭」，不只一貧如洗，而且是陰暗到「綻放螢火般的妖光」，無須交流的家庭。而所謂「螢火般的妖光」，絕非幸福等溫暖的事物，而是更加寒冽如冰、狂爆如火的情感。

換言之，那是「憎恨」。

嘔吐

根據奧斯瓦爾德・斯賓格勒的《西方的沒落》，歷史的世界不是冷冰冰的自然科學，而是有血有肉、活生生的靈魂告白。縱然將實際發生過的歷史事實彙整於因果系統的圖表，應該也無法「接觸到任何眞相」。比起存在本身，「爲了研讀現象意謂、暗示的事物，並且使它重現而注入的生命」，反而才是歷史家的工作，這種想法很吸引我。倘若「逝去的一切不過是比喻」，就必須追究試圖透過比喻，訴說什麼。那可說是類似詩人的工作。

我一面撰寫用來編纂成自傳的草稿，一面想要意識到自己該多麼接近歷史，而不是自己該多麼接近自然科學。

「相對於被科學性處理的事物是自然科學，唯有被寫成詩的事物才是歷史。」

（《西方的沒落》世界史的形態學概論）

酒精中毒的家父沒喝醉時，幾乎像是痴呆。即使對他說話，他也很少好好回應，只是微笑。據說他有口吃的毛病，於師範學校時期想要唸讀本中的「五、心中有太陽」這一章，無法順暢地說出「心中有」（gokokoroni），只是像雞一樣，「gokokokoko」地反覆發出「ko」這個音，無論重來幾次也不能如願，忽然撲向老師，隔著襯衫掐住他的脖子，而被老師在成績單上寫下「有攻擊性」的評語。家父唯獨臂力出眾，但是非常內向，有對人臉紅恐懼症，他的公事包中，總是暗藏著《受人喜愛的方法》這種書籍。

家父一旦喝醉不舒服，就會跑到鐵路的軌道上嘔吐。我經常看到火車經過之後，散布在軌道枕木上的家父嘔吐物。

我也曾問他：「爲什麼不吐在洗臉台呢？」

當然，家父沒有回答半個字，但他像是野獸的眼睛目不轉睛地盯著火車經過之後，遠方的軌道盡頭。我趴在車輪下，想到被載送到遙遠異鄉的「家父嘔吐物」，總覺得胸口發燙。

那樣的家父和我之間，我如今依然記得的是，父子倆在夜裡玩的「汽笛聲遊戲」。汽笛聲從遙遠的陰暗中傳來。

「上行嗎?」家父問。

「下行。」我說。

「那麼,我猜上行。」家父說。

接著,兩人穿著睡衣,打開大門,衝進黑暗中,在鐵路前面的草叢裡,屏息等待「聲音變成形態」。夜風中,汽笛聲會清楚地顯示方位,旋即以驚人之勢,從我們面前呼嘯而過。那與其說是火車,反倒像是分量沉重的時光。而「連結」我和父親的不是愛,而是產生令人忍不住閉眼的轟隆聲響與狂風的夜間火車。

血若是冰冷鐵路
駛過的火車
遲早會經過心臟

聖女

到了戰爭結束的時候，我的母親因爲貧窮而做家庭副業。那是兜售鈴蘭。雖然不是鈴蘭暢銷的時代，但是她在週六會搭乘火車，前往古間木，穿越那裡的墓地，爬上山谷，在鈴蘭叢生的地方稍事休息。

因此，家母向我確認「萬一你爸有什麼三長兩短，你做好了心理準備吧？」之後，帶著鈴蘭回去青森，熬夜將五、六根花莖捆成一束，製作「花束」。家母完全不愛家父，但總會將家父的飯食供在窗邊，我們的家庭以不在家的父親——第三個男人爲主角，維持完整。

我每次放學回家的路上，順道跑去電影院，或者弄破褲子回家，就會被家母毒打揍一頓。裁縫用的量尺總是在家母旁邊，它就是「鞭子」。家母的打法太過激烈，因此附近的孩子們會從圍牆的縫隙偷看，以此爲樂。

他們會特地來向家母打小報告，說：「小修今天在學校跟同學吵架，被老師罵了。」接著，他們會爲了看我挨打，聚集於後方的圍牆，屏息觀看「家庭的冬季——拉洋片版」。家母打我的理由是「假如我變成不良少年，她會對不起人在戰地的家父」，但實際上，她是將打我的樂趣變成了滿足慾望的替代品。

那應該可說是她爲了報復自己不幸的孩提時期，發現了「教育」這個冠冕堂皇的藉口。儘管如此，也不能說是家母不愛我。家母時常溺愛地撫摸我，或者買《少年俱樂部》和《少國民之友》給我，看到我開心的模樣而點點頭。然而，我若是太過沉迷於看書，不想和家母說話，她就會突然搶走書，將它扔進灶的火裡。

我從租屋前往車站的路上，玉米田裡有一間傾倒的小屋，裡頭住著一個名叫阿溜的白痴女。她是一個重達三十貫（約一百一十二公斤）的胖子，總是從唇邊流著口水；無依無靠，所以獨自生活，晴天會在田裡掀開貼身裙，盤腿坐在上頭抓跳蚤，而雨天則會在小屋裡哭泣。

據說晚上，時不時會從小屋傳來呻吟和笑聲，那是因爲附近的鐵路工們會提著一公升裝酒瓶，偷溜進去，但是父母禁止我們在天黑之後，靠近那間小屋附近。戰爭已經到了末期之後，我才知道阿溜會「給看」。石橋說：「如果去阿溜家，合掌拜託她給看鮑魚，她就會掀開衣服的下襬，給看那裡。」

隔天，我立刻前往阿溜住的小屋，從玉米田的草叢裡窺視屋內。阿溜在烤鯡魚，但那氣味與其說是烤魚，感覺倒像是在燒垃圾。阿溜住的小屋沒有電，白天也黑漆漆的，從小屋裡傳來蟬叫聲。

阿溜肥得像是出現在《怪胎秀雜誌》或《怪物笑傳》裡的畸形女，但是長得像是童女一樣天眞無邪。她像是於秋季啓程的馬戲團私生女，發現我而咧嘴一笑時，我總覺得從阿溜身上，看到了眞正的「母親」，心頭一怔。

如同西條八十的詩「常作的夢，寂寥的夢」，感覺如今一起生活的家母其實不是眞正的母親，這個白痴阿溜才是。

阿溜對我招手，我像是夢遊症患者一樣，搖搖晃晃地靠近小屋，但是實在說不出「請給我看鮑魚」這種話，在家一條龍、在外一條蟲，乖乖坐在阿溜後面，看著她烤完一隻鯡魚的正反面。

黎明嗎？
站住！
正好當我的旅伴。（馬雅可夫斯基）

空襲

一九四五年七月二十八日，青森市遭受空襲，三萬人死亡。我和家母在如雨落下的燒夷彈中四處逃竄，沒有燙燒，幾乎是奇蹟似地存活。

隔天早上，我前往廢墟一看，被燒死的屍體遍地橫陳，家母見狀嘔吐。我家正對面是青森市長——蟹田實的家，那戶人家有一對姐妹，我稱之為「紅色姐姐」和「藍色姐姐」。

紅色姐姐約莫十九、二十歲，感覺她總是穿著紅色上衣。蟹田市長的家和神官家之間，有一條一公尺左右的河流，一名被燒死的年輕女子仰漂於那條河流。她應該是被火包圍，無法忍受蒸騰熱氣而跳入河裡，但是無法呼吸，所以只露出臉部。臉部焦黑，幾乎只剩下輪廓，但是脖子以下泡水浮腫。

屍體小心翼翼地拿著一個布包，網球拍的握把從它打結的地方露出來。我看到它，馬上想到「紅色姐姐」。

於是，我總覺得自己被孤零零地留在小時候看過的那幅寺院裡的《地獄圖》中。被野火燒過的荒涼原野、四處散落的焦屍、前一晚宛如焰火般燦爛的空襲。若是仿照「萬物皆會變成回憶」這句話，就連我自己存活這件事，也不過是個回憶嗎？

有生以來第一次看到地獄圖，是在五歲的秋分。我能夠說出所有秋季七草——胡枝子、瞿麥、敗醬、葛、芒草、佩蘭、桔梗，因此家母帶我去寺院，當作獎賞，讓我看了地獄圖。

那幅破舊的地獄圖中的景象，解身地獄、函量所、咩聲地獄，乃至於挖金地獄、捨母地獄等無數的地獄，好長一段期間在我的腦海中揮之不去。

家父出征那一晚，一個男人和家母纏綿，我看到從棉被露出來的四條腿、紅襯衣，在宛如月亮的二十瓦裸燈泡下，清楚目睹了性愛畫面。我認爲，這和寺院的地獄圖、空襲，或許是我少年時期的「三大地獄」。

但是不知爲何，其中最淒慘的空襲印象最淡，如今記憶模糊了。蓮得寺裡變成紅褐色的地獄圖中，在解身地獄被大卸八塊（和家母長得一模一樣）的中年女子，臨終發出痛苦哀號的模樣，反而比在眞實的空襲中，出現在眼前的死亡更加持續驚嚇我，究竟是爲何呢？

甫出生即被掐斃　弟弟一輩子缺席　學校地獄的椅子
以腰帶長度測量　小鎮的遠近　嫁自和服店地獄
夏蝶屍體夾藏於　書店地獄裡一冊
弟弟去買新佛龕　與小鳥下落不明（《死在田園》）

玉音廣播

青森遭受空襲之後，不到一個月，戰爭就結束了。虎頭蛇尾的結束方式，連我也不太清楚是贏，還是輸了。

當玉音廣播從收音機流瀉而出時，我站在廢墟之中。將剛抓到的啞蟬，緊握在冒汗的手中，痛苦喘息的蟬的呼吸，一波一波地傳至我的心臟。

我事後也曾尋思：「當時，握住蟬的是右手吧？還是左手呢？」記憶十分模糊。你是在哪裡聽了八月十五日的玉音廣播呢？

對於這個問題，能夠收集到各式各樣的答案。老師問：

「你是在哪裡聽了玉音廣播呢？」

那感覺簡直像是在詢問：「你是在哪裡死亡的呢？」但是，其實就像嘗試架橋通往時間迴路似地，詢問「你是在哪裡出生的呢？」「你是在哪裡死亡的呢？」但那一瞬間不可能是人生的關鍵時刻。

無論是回答「老師，玉音廣播開始的時候，我在蹲廁所」的石橋，或者在玉音廣播開始之前的空襲中被燒死的螳螂，那個答案都絕不可能成爲他們的戰爭論或和平論。不管身在哪裡，那都不是問題。因爲連年幼的我也覺得，時間是在人與人之間，以完全各不相同的形式，刻劃著一分一秒，絕對再也無法回收於同樣的歷史洪流之中。

玩捉迷藏
我當鬼
在陰暗的樓梯底下蒙住眼睛
於是蒙住眼睛的期間内，外界過了好幾年
我以未變聲的高亢嗓音問「躲好了沒」
回覆我的是「躲好了」這個嘶啞的大人聲音

我變成一輩子在玩捉迷藏的鬼，持續追逐，試圖縮短和他們之間的時間差距，但歷史總是殘酷，我永遠是國中三年級生。

戶村義子說：「小修。」

她是書法私塾的女兒，有一雙水靈大眼。

「戰爭結束了。」

「嗯，聽說接下來要疏散兒童。」

「我要前往古間木。」

「我終究沒辦法和你做了。」

「做什麼？」

戶村義子笑而不語。「聽說有人看見了濱田老師和鈴木老師在做那檔子事。」

義子的說法隱隱充滿了罪惡感，因此我也馬上意會到是性愛。

「可是，聽說大人做很骯髒。要做的話，還是得趁小時候。」

我擠出不置可否的笑容。義子成爲好奇心的俘虜，簡直像是在說有生以來第一次看到的「動物園」的話題似地，問道：

「你想不想做看看？」

我回答「當然想」，但那與其說是對於性愛的興趣，反而應該比較類似參與犯罪的好奇心。義子說：「我說，既然如此，不做就虧大了。」我們倆都才十歲。

「那麼，什麼時候？」

「現在。」

「現在？在哪裡？」

「廁所。」義子指定地點。在廢墟臨時搭建的暫時校舍裡，唯獨廁所是木造的，相當堅固。

「從廁所最裡面數來的第二間，是教職員專用的，對吧？你先去那裡等我。我馬上隨後就去。」因此，我依她所說，前往教職員專用的隔間，從裡面關上門，靜靜等候。我有一點擔心，解開褲子前面的鈕釦仔細一看，我的那話兒雖然比不上家父的手槍，但就十歲而言，極為勇敢地開始蠢蠢欲動。我背靠在隔間的木板上，等待義子前來。我或許只等了十幾二十分鐘，但是那段期間內，總覺得廁所外的時間以和我的感覺截然不同的速度流逝。不久之後，腳步聲靠近。我一動也不動地克制因為太過緊張而險些顫抖的雙腿，深深吸了一口氣，睜開眼睛。

門冷不防被打開。鬆開褲子的腰帶，毫無防備地正要進來的是教音樂的戶田老師。

戶田老師「哎呀」地驚呼一聲。

你怎麼了？怎麼待在這種地方？

我尷尬地走出隔間。接著，我朝操場一溜煙地邁步狂奔。天空有一片北國春季的浮雲。我總覺得唯獨那裡停留著「偉大的時光」，朝我張開雙臂。

戶村義子，妳後來依約去了廁所嗎？

或者妳是在戲弄我呢？

我無暇弄清這一點，隔天被疏散前往古間木，後來過了二十二年。

宛如春季的微風，讓老人重新感到希望一樣，我總覺得強而有力、安撫人心的氣息，清爽地拂過我的額頭。究竟這傢伙是何許人也。（洛特雷阿蒙《馬爾多羅之歌》）

然後，我的戰後歲月展開了……

我愛美國佬

美軍一進駐，古間木的人們一陣譁然，大驚失色。據說山上的三澤村會成爲他們的基地。爲了思考對策，理所當然地在車站前的寺山餐館召開「家族會議」，正義之士宣告：「美國人手腳很快，所以女人暫時必須躲起來。」

我的母親問：「又要逃到其他小鎭嗎？」正義之士說：「正是。要是妳有萬一，我會無法向人在蘇拉威西島的弟弟交代。」

實際上，關於美軍的「資訊」，盡是令人畏懼。據說進駐的山貓部隊，盡是在第一線奮戰的孔武有力之人，他們是德州一帶的莽漢，或者原本在監獄服刑，自願前來的更生人，因此一見到女人，不管是小學生，或者年過五十的老太婆，一律「強姦」。傳閱板上寫著「能夠女扮男裝者應女扮男裝，能夠疏散者應搬遷至山裡或其他小鎭，不得已留下來者也絕不應化妝。不應穿裙子，而是穿務農工作褲或褲子」四處傳閱。

車站內的公共廁所裡遭到塗鴉，畫了一整面牆的巨大陰莖，並且寫了「美國狗來了」這種句子。美軍的進駐對於這個小鎮而言，與其說是政治入侵，倒不如說是性愛入侵。

山貓部隊的進駐之日終於接近，我滿心期盼那一天的到來。在古間木的生活太過單調，無聊至極，我期待美軍的出現，替現實開啓新的局面。我不理會人們的不安，躺在屋頂上，沐浴在遙遠的北國陽光下，幻想即將到來的美國人。那也可說是戰後首度的羅馬風格到來。

亮子在熄掉燈泡的漆黑閣樓，夾帶好奇心地說「美國人的那裡，果然長著金毛嗎？」遭到痛罵「蠢貨」的正義之士毆打。寧靜令人聯想到恐懼之鷹的陰鬱。來自東京的眞石小姐長期住在隔壁的末廣旅館，說她預防意外情況，開始試做「貞操帶」這種東西，那就像是女性用的越中兜襠布，沒有半個人想要試用。

日期一逼近至明天，村子的長老——小比留卷老爺爺和青年團的大久保爲了見蒲鉾兵舍的鷲伍長，去爬天滿宮所在的山。我以學校出的家庭作業是抓昆蟲，要抓無霸勾蜓，順便去爬山爲藉口，跟在兩人身後前往。沿著明亮的山路往上攀爬，進入像是碉堡的蒲鉾兵舍，裡面一片漆黑。鷲伍長呈大字形躺在棣棠花盛開的一帶，幾隻蒼蠅群聚於他露出的肚皮。

大久保搖醒鷲伍長。

「明天終於到了。」小比留卷老爺爺說，「山貓部隊明天會抵達這個小鎮。」

「是喔。」鷲伍長說，「明天終於到了啊。」

「所以，我們希望你接受我們的請求。」大久保說。

「這是鎮內所有有志之士的請求。」

鷲伍長露出愣住的表情，一副「你們是不是找錯人了？」的表情，十分謹慎地問：「你們要我做什麼呢？」

「我們希望你身爲帝國陸軍的餘黨之一，」小比留卷老爺爺說，「身爲帝國陸軍的餘黨之一，保護古間木的所有女人，免遭美軍這群畜牲的毒手。」

鷲伍長瞠目結舌。但是，大久保和小比留卷老爺爺不是以「希望你保護」，反倒是以「希望你負責」這種眼神，瞪視鷲伍長。那也是「對於將自己的命運託付給帝國陸軍，卻遭到辜負的怨恨」。

那一晚，百合花田的土地被連花一起挖開，出現了生鏽的機關槍和彈匣腰帶。

鷲伍長在大久保手中的手電筒燈光照亮下，一臉窩囊地哼著歌。

你是否討厭當兵
用鐵碗和鐵筷
又不是死了作仙
吃得像腳尾飯情何以堪

接著，他說「五個、十個美國狗在我眼中，根本連屁都不如」，數度用機關槍瞄準夜晚的蒲鉾兵舍裡的暗處，忽然「哇哈哈」地大笑。哇哈哈、哇哈哈、哇哈哈。十歲的我猜不透他在笑什麼。但是隔天早上，日出之前，鷲伍長不知逃到哪裡去了。而且從此之後，沒有人見過他。

確實，嶄新的時刻，
無論如何，總是嚴峻的。（阿蒂爾·蘭波〈別離〉）

西部片

說到山貓部隊進駐的日子，我總是會想起西部片。而且是有決鬥的日子的西部小鎮。理髮店的彩色燈筒停止旋轉，所有餐館關閉，車站前的馬路沒半個人。只有紙屑偶爾在乾的路面滾動，宛如鬼城般一片死寂。

雖然沒看到半個人，但是並非空無一人。古間木的人們全都緊閉大門，從門縫盯著車站。而火車會在high noon——中午抵達。

我的母親將手伸進裝著木炭的草包，把臉塗得烏漆抹黑，披頭散髮，從二樓窗戶的「寺山餐館」這面招牌後方，俯看車站。而我被家母一把拉過去，以被她摟在懷裡的姿勢，靜待嶄新的「時刻」。

不久之後，火車抵達。

接著，開始傳來陌生的語言，人高馬大的美國士兵們下火車，站在月台上。山貓部隊的「美國英雄」們嚼著口香糖，邊開玩笑邊走出來，這才發現鎮上沒半個人，好像嚇了一跳。

身材像是汽油桶的士兵將軍用的簡便背包從肩頭卸下，大大地伸懶腰、打呵欠；戴著金框眼鏡的基督徒士兵非常小心謹慎地持續嚼口香糖；退休拳擊手黑人士兵的目光像是老鷹一樣銳利；四眼田雞移民二代士兵像是聖誕老公公，一副老好人的模樣。各式各樣的士兵聚集於站前廣場，坐在自己的行李上，立刻紛紛開始對著小鎮叫道：

Hey, my friend!

What's the matter?

Come here, my friend!

但是，古間木的人們只是提心吊膽地從緊閉的門縫中，窺視「另一個世界」，沒有人走出去。不久之後，一名日本人從那一群美國人之間現身，拿出一大塊布，將它像是旗子一樣，貼在車站的出口。上頭寫著「美日友好」，以及「美國人都是好人，讓我們及早變成朋友」。但是，沒有人肯相信那種鬼話。

驀地，一名士兵從口袋掏出一把巧克力，像是印第安人隊的鮑伯・費勒投手一樣，大動作地將它投向大馬路，叫道：「Present for you!」堂弟——幸四郎屏息凝視，說「啊，是巧克力」，想要趨身向前，正義之士壓制住他，低聲說：「這是計謀。說不定是炸彈。」

但是，古間木共同防衛戰線因爲他投出的巧克力曲球，輕易地瓦解了。站前餐館裡的小兔子甩開母親阻止的手，衝了出去。眾人一起屏住氣息。也有人以爲小兔子會被幹掉而閉上眼睛。在路上被炸飛，翻滾幾圈後死亡的可憐小學生！那是熟悉的戰爭片一幕。

但令人意外的是，小兔子安然無恙。他將散落一地的巧克力全部收進口袋，連紙咬下其中一塊。先前丟出巧克力、像是橡樹一樣粗壯的黑人士兵，以低沉的嗓音說：

「Hey, my friend.」

小兔子沒有逃走，也沒有靠近，一面咬巧克力，一面看著他。「橡樹」又從口袋掏出糖果。小兔子爲了獲得糖果，霎時猶豫該不該靠近「橡樹」。

「橡樹」說：「Hey, my friend!」小兔子害怕起來，開始一點一點地向後退。

於是，「橡樹」又將手中的糖果輕輕地丟向小兔子，咧嘴一笑，因此小兔子撿起它，打算道謝，然後決定主動靠近「橡樹」。「橡樹」面露滿臉笑容，對小兔子伸出手。接著，兩人握手。於是，「橡樹」高舉互握的手，朝站前馬路上「閉門不出的人們」，叫道：「My friend! My friend! My friend!」其他美國士兵也像是因爲他的話而情緒亢奮似地，一起取出口香糖、糖果和巧克力，像是節分的撒豆或知名明星從舞台向觀眾席投擲簽名球似的，開始投擲。

原本死寂的古間木小鎮立刻恢復生氣，原本關閉的商店街大門開啓，My friend們爭先恐後地衝去撿巧克力和糖果。美國士兵一開始是在展現善意，看到「飢渴的日本人」們來撿糖果，互相搶奪巧克力和口香糖的過程中，似乎湧現另一種快感。口香糖和糖果被撿完之後，他們就丟香菸、丟牙刷（用舊的）、丟原子筆。

「快，快去撿！」

我的母親輕輕戳了一下我的背。

「你在發什麼愣？小孝都已經去了。」

但是，我實在不想去撿。我有點害怕，而且覺得非常丟臉。我搖了搖頭。於是，家母避免正義人士看見，用力擰了我的側腹，唯獨語氣柔和地說：「你是乖孩子，也去撿一根香菸來給媽媽。」我不情不願地站起身來，走下餐館的樓梯。

我什麼也不想要。我無欲無求；像是慢動作的電影一樣，打開寺山餐館的玻璃門，手無寸鐵地走出去的西部英雄。去撿也很丟臉，但是命令我做那種事的母親的心情，更令我覺得丟臉。我幼小的靈魂大概會在令人目眩的陽光下死去。宛如那位西部的政客——霍利德醫生。

「政客之死是冥想的機會。」（阿蘭《幸福論》）

捉迷藏

故鄉被美國人接收，家母開始到基地營工作之後，我沒來由地愛上了「捉迷藏」這個遊戲。

家母就職於「畜牲美軍」的基地營，而且甘於從事女僕這種極爲低階的工作。我或許是耐不住等待晚歸的家母的無聊，受不了附近鄰居們在背後陰損家母的閒言碎語、負面傳聞，而想要「躲起來」。家母在家父死後，魂不守舍了好一陣子，看起來像是精神衰弱，但是毅然決然地應徵基地營的徵人廣告「優待戰爭未亡人」之後，染了頭髮，動了豐頰手術，整個人回春了。

而被留在家裡的我，莫名地產生「忍不住躲起來」這種心境，年滿十四歲，沉迷於「捉迷藏」這個遊戲。

對我而言，「捉迷藏」究竟是什麼呢？

在農家的倉庫入口，和六個年紀比我小的孩子猜拳，一哄而散，躲在倉庫陰暗的稻草中，一動也不動地屏住氣息，不知不覺間，迷迷糊糊地睡著，一覺醒來，門外下著雪。我總覺得躲起來時，確實是春季，恍惚之間，當鬼的小正一面說「找到了、找到了」，一面進來，不知不覺間，他變成了大人，身穿西裝，懷裡抱著嬰兒。他說「找到了、找到了」的嗓音，也已經變成了成熟的男中音，我滿腦子都是「玩捉迷藏的期間，十多年的歲月流逝」這種幻想。

另一天，我當鬼。

孩子們個個躲起來，無論我呼喊幾次「躲好了沒、躲好了沒」，也沒人回答我。晚霞漸趨暗淡，拉洋片攤商和豆腐店老闆都已經回去了。我走在空無一人的故鄉馬路，一路尋找咬著草尖端逃匿的孩子，家家戶戶的燈火亮起。

我窺看其中一戶人家，不禁心頭一怔，整個人驚呆了。

燈光下，一家人圍著煮滾的火鍋，男主人躲起來，他是「躲著我」，變老的孩子。「躲起來的孩子年歲已遲，唯獨當鬼的我依舊年輕」這種幻想何其空虛。

我看得見躲起來的孩子們的幸福，但是躲起來的孩子們看不見當鬼的我。

我到幾歲才能擺脫「我一輩子玩捉迷藏當鬼」這種幻想呢？

「想要捨棄關於某種狀況的幻想這種願望，必須是想要捨棄需要幻想的狀況這種願望。」（卡爾・馬克思）

美空雲雀

不知為何，八開草紙的暗灰色會帶給我北國這種印象。使用的鉛筆是2B。而火車總是行駛於我的詩中。連寫詩的我也不知道，行駛於詩中的火車從何處駛來，將駛往何處。

從廁所看見藍天　石川啄木的忌日

創作這種俳句時，我是國中一年級生，不久之後，在青森經營電影院的祖父母收留我，我獨自前往青森。家母開始熟悉工作，哼著「Come On-A My House」，一個人留在古間木，在基地營工作，保證會寄國中的學費給我。（祖父母——坂本勇三、阿紀，其實不是我母親的父母，而是將我的母親捨棄在麥田的龜太郎的弟弟、弟媳。）

我在古間木的車站前，最後聽到的歌是美空雲雀的〈悲傷的口哨〉。

勾一勾小指約定來日再相逢
笑著道別離
可愛的雪白小指令人難忘

我一面聽著這首歌，一面獨自經過驗票口。家母來送行，從驗票口送走我之後，扔掉啣在嘴裡的香菸，我注意到那根香菸上沾染的口紅。當時，我只覺得像是假日出門釣鯽魚，但那是我與家母的訣別。

因此，每當聽到美空雲雀的〈悲傷的口哨〉，我就會想起家母。

當時，家母才三十二歲，因此和如今的我同年。但是，家母的心已被掏空，宛如一片廢墟。脖子上圍著蠶絲圍脖，身穿棉袍，嘴唇塗抹鮮紅的胭脂，感覺用手指輕輕一戳就倒，弱不禁風，爲了撐過家父死後的餘生，落寞地面露微笑，對我揮手。

倘若「相對於被科學性處理的事物是自然科學，唯有被寫成詩的事物才是歷史」這句話是眞的，將我和家母之間的訣別情景寫成的詩，那既非希臘詩人——荷馬的敘事詩或德國詩人——賀德林的思想詩，而是流行歌曲作詞人——藤浦洸的通俗詩，這是一件十分具有象徵性的事。

我的小鎮

讀賣巨人隊的藤本英雄投手在青森市營球場達成完全比賽，是我在少年讀賣巨人隊之會青森分部，擔任「委員」的時候。

對手是小島利男教練率領的西日本海盜隊，被藤本的滑球打得落花流水。在「窮鄉僻壤的破舊棒球場」，創下日本首見的盛大紀錄，令我欣喜若狂。

任誰都知道，男人的性命沒有誰比誰值錢。最幸福的男人是能夠享受命運的男人。然而，所有男人的命運一樣貧瘠，而且順從命運很苦，因此沒有半個男人會被賦予天大的幸運。男人的經驗大部分都是回想起來不愉快的事。

「所有男人都是動物。所有男人都和其他男人一樣是動物。但是，每個男人都是獨特的動物。男人是一種微不足道、寂寞的生物。」（威廉・薩洛揚《男人》）

我騎著自行車，穿越小鎮。

「今晚在曙食品，有讀賣巨人隊選手的簽名會。」

「簽名會？」

汽車維修工——泰抬起頭來。

「藤本也會來嗎？」

「聽說大家都會來。」

我按響自行車鈴。叮鈴、叮鈴、叮鈴鈴鈴。一號二壘手——千葉，是被稱為猛牛的駝背首棒打者。二號三壘手——山川，是不苟言笑的美男子。三號中外野手——青田，是少年俱樂部受歡迎的全壘打王，來自西邊的男人。四號愛用紅球棒的一壘手——川上，是擅長擊出子彈直球，勤奮努力的人。五號左外野手——平山，是圍牆邊的魔術師。

徽章的G字在我的胸口發亮。我前往電話所在處，陸續呼朋喚友。有一場簽名會，要不要來？藤本達成了日本首度的完全比賽。

「完全比賽是指，沒有人打出安打那個？」支那蕎麥麵店的胡蘿蔔問道。

「嗯，沒錯。沒有讓敵人走出打擊區。三振二十七人，將所有人封殺在那個不到一坪的打擊區。」

「通殺藍調啊。」

左撇子的胡蘿蔔虎虎生風地揮舞慣用手臂，模仿繞臂投球的動作。

「你之前也幹過一次。」

一閉上眼，那一天的晚霞浮現腦海。我的小鎮——那是已經「不存在這世上的小鎮」。雖然不是薩洛揚，但是男人的經驗大部分「都是回想起來不愉快的事」。不過，就像是從洗衣籃最底下扯出舊襯衫似地，總覺得試著再度從腦海中抽出變得非常模糊、快要消失的記憶，也是我的樂趣之一。

我過去居住的歌舞伎座，位於鹽町的四十三番地。它的右邊鄰居是一間兼自行車寄車處的烏龍麵店，販售人生活好活滿的手工鍋燒烏龍麵。少東是個侏儒，但是十分親切。它的右邊鄰居是生活雜貨店「名畑」。它的右邊鄰居是也製作棺材的木桶店。而它的旁邊是一條無名的小河。

我經常在「名畑」購買電影明星的照片，像是我寄出影迷信的特雷莎·萊特、蓋爾．羅素、東谷瑛子。我每次去買她們的照片，老婆婆都會出來說：

「別摸不買的明星照。」

「名畑」的老婆婆簡直像是「凶巴巴的老鴇」在仲介妓女似地，花言巧語地推銷照片，湊合我和明星照，我不知道她是否還活著。它的右邊鄰居是一戶總是大門深鎖的房屋，我連門口名牌上的姓氏也想不起來。而它的右邊鄰居是傳說「住著少年棒球的快速投手」的木桶店。從浴缸的蓋子到棺材，一律包辦。歌舞伎座的左邊鄰居是一間理髮店，它的旁邊有能夠打業餘棒球的廣場、咖啡館「川浪」。還有幾個先前沒想起來的建築物，籠罩在烏雲密布的鉛灰色天空下。如今回想起來，北韓籍的金山總是彈著吉他，一個人唱著這種歌……

若有故鄉可回該多好
可惜我沒有故鄉沒爹娘

十七音

從國中到高中，占我的自我形成最大比重的是俳句。

這個日漸衰亡的詩歌形式，深深吸引著我。俳句本身也有一股反近代、陰魂不散的魅力，但更令我著迷的是俳句結社的惺惺相惜氛圍。

我一面說「好，朝地獄吟詠俳句吧！」一面戴上五音、七音、五音的手銬腳鐐，出門參加句會。

「所有事物的價值崩解，自由忽然襲擊我們。我如履薄冰，為了適應自由，需要格式。」（油印句集序）

我如此寫道，但實際上，我人生中「等待機會的時期」和俳句文學喪失的公民權之間，肯定有某種共通之處。

有一天，京武久美同學拿著一本小雜誌，面露賊笑。我問「怎麼了？」他也不回答。

因此，我硬將那本小雜誌搶過來翻了翻。

那是一本叫做《暖鳥》的雜誌，由青森俳句會這個沒沒無名的小結社出版，其中的「暖鳥集」這一欄內，印刷著京武久美這個名字，以及他寫的一句俳句。我像是在麥田發現雲雀的蛋似地，「啊……」地發出鬼叫。

京武的名字變成鉛字，登錄於「另一個社會」，對我而言，是一件意想不到的事。

「這是怎麼一回事？」

我一問，京武像是在守護「結社的祕密」似地，噤口不語。

「告訴我！」

「沒什麼。」

「假如沒什麼，你爲何像那樣製造『出名』的機會？給我從實招來！」

於是那一晚，我在京武的帶領之下，出席「暖鳥句會」。地點是吹田孤蓬這個怪咖的自家，「會」在他的微暗四坪大和室召開。

京武告訴我，吹田孤蓬在白天名叫吹田清三郎，擔任學校教師，但是到了晚上，就會變身成「孤蓬」。我問：「也就是說，白天的職業是避人耳目的假身分？」

「嗯，其實他是俳人。只不過，他沒有公開這件事。」

不久之後，一、兩名俳人聚集而來，發表那一晚的季題。有人妻，也有上班族。我看著那些俳人以「菁實」「未知男」「秋鈴子」等號，恢復成原本的自己的過程中，想起了小時候看過的電影《幻城》。

匿名結社的魅力，以及神祕兮兮的文藝較勁，儼然像是我一路走來的少年時期的地下道似地，通往「另一個時期」的迴路。感覺甚至像是來自惡靈的消息。

從下一個月起，我成為「暖鳥」的投稿者，開始接受吹田孤蓬的評選。

投稿欄的魅力在於它的階級性。

每次收到每一期新雜誌，就會瀏覽吹田孤蓬給四十名左右投稿者的排名，尋找自己的「階級」上升、下降的樂趣，令我沉迷其中。

俳句雜誌大多都有同人欄和會員欄，同人不需甄選就能刊載作品，但是會員必須接受主辦單位的評選。

該排名中，出現在第一個稱爲卷頭，是第一名，以下依照地位順序排列，最後一群人稱爲一句組，「小兵」依照地區排列。這個月第一百四十名的人，下個月上升至第一百二十名，直接意謂著接近「出人頭地」一步，而被兩、三人超越，則意謂著階級下降。

其中運作的物理性變化以三十天爲週期，清清楚楚地上升、下降，因此投稿者除了自己的作品實力之外，也會送禮給評選者，四處打招呼，以表心意。十七音的銀河系。在這個龐大的投機世界參加地位爭奪戰的況味，令我感到文學之外的趣味。不知爲何，我從潛藏於這個結社制度裡的「權力結構」中，以雙重影像發現了「帝王」這個滅絕的字眼。

帝王卻是書房裡的臭山羊！
只不過是盡吃印了鉛字的紙。
火車如今又從我的詩中行駛而過。

老鼠的心是鼠灰色

一九五八年夏季，我帶著一個包袱出院。包袱內只裝著兩、三本書和幾枝鉛筆，以及換洗衣物。四年的住院費用依生活保護法，由政府支付，舉目無親的我身無分文。

我腦海中浮現杜斯妥也夫斯基的《賭徒》中，老婆婆張望輪盤，聲音嘶啞地說「快下注，賭零」這個場景。

我的去處是在出院的兩、三天前獲得外出許可，在學生救濟會的介紹下簽約，位於新宿區諏訪町的一間三坪大套房。

窗戶沒有窗簾。我在空蕩蕩的房內，心想「接下來該怎麼辦才好？」手足無措。住院時，隔壁床的韓國籍江湖郎中給我一張酒館的名片，它是我唯一的依靠。

我心想「當務之急是找工作」，決定那一天就造訪名片上的那間酒館。那是一個悶熱的日子。

我要找的酒館位於山手線的鐵橋旁，一下就找到了。

我一報上姓名，對方說：「金先生有打電話給我。」工作是電話接線生，一週只要上三天班（五、六、日）。我問：「電話進來之後，我該怎麼做才好呢？」對方說：「把對方說的內容記在便條紙上。然後複誦一次，確認有沒有錯。」

櫃檯底下有一台錄音機，會錄下彼此之間的對話。總之，我的工作是私人賽馬劵店（地下賭盤組頭）的接單小弟。

但是，我不懂賽馬，當然也不知道這份工作違法。因此，對方給我兩萬圓當作置裝費，我歡天喜地，連說三次「謝謝」，回來租屋。

當時，《女性本身》這個名稱奇特的週刊雜誌創刊；加入讀賣巨人隊的長嶋茂雄成爲新人王。東京鐵塔完工，城市朝氣蓬勃。

然而，最吸引我注意力的事件是，一名韓國籍少年強姦、勒死小松川高中女學生的命案。我甚至覺得犯人——李珍宇的孤寂，和出院的我如出一轍。我也和李珍宇一樣，感到一種如同來自遙遠國度的異鄉人般的孤獨感。

我的「遙遠國度」位於自己身上的腎臟疾病內。就這個層面而言，我每次遇見人，就會感到沒臉見人，好像必須邊走邊道歉：「對不起，我出院了。」但是，老鼠被逼急了，也會反咬貓一口。渴望被愛的我是幾近自暴自棄，馬上就會跟人吵起來的老鼠。

說到這個，我經常唱美空雲雀的歌，那也像是老鼠的歌。

老鼠的心是鼠灰色
好悲傷好悲傷的鼠灰色

我終於滿二十二歲了。

寂寞的美國人

當時，我在高田馬場的一家二手書店，找到了納爾遜‧艾格林的《金臂人》。我在青森時，讀了他的《明日不再來》，這是他的第二本翻譯書。法蘭奇‧馬辛這個好賭成性的流浪漢的生活，簡直和我一模一樣，令我大吃一驚。

艾格林寫道：「人生爲何經常感覺像是深夜營業的電影院變得空蕩蕩的？感覺像是對著空無一人的觀眾席，播放膠卷損傷的影片。」

我提筆寫了一封信，寄給這位最後的「失落世代」作家。我想不起來自己寫了什麼，只記得收到了簡短的回覆。艾格林常寫芝加哥的市井小民生活，據說他比法務部的官員更熟知美國的監獄。

我從艾格林的小說中，知道許多美國的俚謠。舉例來說，我經常引用這一句悖論式的玩笑話：

倘若感情是一切

人人愛的金錢算什麼

也是間接引用自艾格林的小說。

艾格林突然來到了日本。

寫在通訊錄上的日本人姓名，只有筆友SHUJI TERAYAMA（寺山修司），因此他先打電話給我。

「嗨，我是艾格林。你叫我來玩，我就來了。」

他的聲音很年輕，實在感覺不出來五十四歲。我馬上去迎接他。

接下來的兩週，我和艾格林前往拳擊館、中山賽馬場。有一場尼可利諾・洛奇對藤猛的錦標賽，我賭藤猛贏，艾格林賭洛奇贏。比賽是由擅長鬥智戰術的洛奇，壓制猛打的藤猛，單方面地連續猛擊，藤猛被打得滿臉鮮血，遭到擊倒落敗。

艾格林欣喜若狂，撕下兩、三張貼在牆上的海報，塞進口袋「作爲紀念」，說：「我要送給芝加哥的朋友。」

艾格林關心老人問題，對於柏青哥異常感興趣，說：「這是單機。」

我如今也記得，他在酒館告訴我的「在美國，死刑的方式依州而有所不同」這句話。

「在貧窮的州，買不起電椅。在猶他州，如今也以步槍槍斃囚犯。」

幾年後，我前往芝加哥旅行，造訪艾格林的家，他帶我走訪大街小巷。艾格林的房間牆上，貼著一堆前女友，譬如西蒙·波娃等人的照片，以及洛奇和藤猛的比賽海報。艾格林變成了一坐下來就直接打瞌睡的老人，從幾年前開始寫的小說遲遲沒有進展……儘管如此，唯獨那張嘴寶刀未老。他說：

「對了，我介紹美女給你吧。她在床上呻吟的表情很讚唷。你可以幹得她哀哀叫。」

鬼子母

當時，我的母親一個人住在立川。

她的棲身之處是一間快要傾倒的廉價公寓，位於不時傳來法蘭克・辛納屈的〈Only the Lonely〉（唯一是孤零零）這首歌的舞廳後方。

我偶爾上門造訪，會看見家母坐在樓梯中間，做日光浴。

家母會看著自己的手，說出口頭禪：「妳為什麼這麼不幸呢？」

那間公寓裡，住的盡是和家母一樣，在基地營工作的女人，到了傍晚，熱鬧得有如劇場的後台。一群年過中年的女人頂著一臉像是要上台的濃妝，身穿鮮紅的連身裙，以炭爐烤著秋刀魚。我經常從她們旁邊經過。

家母在白天會說「我好寂寞，想要養條狗，但是公寓的管理員囉哩囉嗦」「我已經人老珠黃了」，但是傍晚一化完妝，立刻恢復青春活力，判若兩人地出門。

我幾乎沒有和家母在同一個屋簷下生活的記憶。

少年時期的我，被寄放在青森的港都的電影院長大，家母在三澤的占領軍的基地營工作，寄送國中的學費給我。有一天，家母來到青森，說：「我要去遠方一陣子。我會寄送更多生活費給你。」

我送家母到車站，在那裡聽著聯絡船的汽笛聲，兩人吃了夜鳴蕎麥麵。

我聽見了美空雲雀的〈悲傷的口哨〉。它的歌詞是：

勾一勾小指約定來日再相逢

笑著道別離

那成了我和家母訣別的歌。家母一個人經過驗票口，將啣在嘴裡的香菸隨手一扔。

唯獨菸屁股上沾染的口紅，如今依然殘留在我的眼底。在那之後過了幾年，我在立川與家母重逢時，我們之間有些生分。家母輕聲斥責我：「你這孩子……」

家母經常說：「你想要個弟弟吧？」我明白那句話的意思，沒有馬上說「嗯」。

我上大學之後不久輟學，因病住院四年，出院之後也沒有固定工作，四處遊蕩。我和家母時不時會見面用餐。

爲了和我見面而盛裝打扮的家母，和向她討錢的我之間，產生了一種奇妙的友情。但在此同時，我也針對同一輩的男人們共通的弑母情結思索。奧瑞斯特生於沒有父王的王室，是爲了獨立而弑母的希臘悲劇主角。

拼湊家庭

木工町寺町　米町佛町全都有　唯獨買老母町無　燕兒啊燕兒

這是歌集《死在田園》的第一首。這首和歌和我在少年時期創作的下列這首和歌之間，間隔了八年的歲月。

一陣春風起　蠶豆殼齊唱　向晚蒼穹下思母　我寫下十四行詩

創作蠶豆這首和歌時，家母身在九州的煤礦町。我被留在青森的城郊，常去電影院看以母愛為主題的電影。當時，我的日常生活因為家母不在身邊，幾乎被幻想塡滿。但是，如今我二十四歲，在新宿租一間廉價套房，和酒館小姐同居，寫賣不出去的詩，和整天把「我想和你一起生活」掛在嘴邊、從事特種行業的家母之間，已經除了活生生的現實之外，別無他物。

家母厭倦了候鳥般的生活，想要在獨生子的身邊安養天年，但是孩子好不容易爲了展開候鳥般的生活，想要獨自一人。

家母說「你最近變得好冷淡」，央求「下次放假，我們去看電影吧」，但是她對我而言，已經只不過是一個「年長的女人」。

但麻煩的是，家母沒有自覺到這一點，第二句話就是「我爲了養育你，毀了自己的一生」「養育費全部加起來，足夠買一座山了」，試圖拴住我的心。

不知不覺間，家母住進我的套房，文子另外租了一間房屋。我一旦兩、三天沒回家，家母就會將兩碗白飯、兩碗味噌湯放在矮桌上，坐著哭泣。家母八成是想要重修和我分離之後，至今的「母子關係」。幾乎像是對待十五歲的孩子似地對待我。我出門時，她會說「把手帕放進口袋」「沒事直接回家，別到處亂跑」，送我到車站。

我之所以忍耐這甜蜜的一個月，或許是因爲我自認爲是以扭曲的方式在孝順母親。實際上，我「害怕回家」，在酒館的吧檯一隅寫《死在田園》的一系列和歌、弒母的長篇敘事詩〈李庚順〉（《現代詩》）、小說〈人類實驗室〉（《文學界》）

等，黎明時分，等到家母等門等到忍不住睡著時，我才悄悄回家，直接穿著雨衣躺在家母身旁。

我開始心想，差不多又必須離家出走了。於是，我想起了小時候常玩的「拼湊家庭」。

當時，我討厭「請給我金野成吉家的母親」「請給我民尾守家的父親」這種遊戲，有一晚，從忘了收起來的「拼湊家庭」中，拿走一張紙牌，放入灶的火裡燒成灰。

我明明心想「如此一來，再也不用玩『拼湊家庭』了」，但是突然出現一張母親的紙牌！我在詩裡堅持到底，殺了心中的家母，但是在現實中，卻只想到自己逃走。

時而像是無母的孤兒

一樣是東北人的詩人——黑田喜夫，描寫滿頭白髮的母親明明住在東京，但是在三更半夜突然起床，掀開公寓的榻榻米，開始挖它底下的土。

母親已經不是一種人格，而是在比喻思鄉。

「我們回青森吧。」

家母成天把這句話掛在嘴邊，如今試圖擁有過去因爲自己貧窮，而無法實現的「家」。

我從當時起，開始寫〈勸離家〉這篇短文。那是出自於我自己個人的日常現實，同時也涉及「表現論」，極具根本性的意義。

確實，「家」喪失了它原本的各種功能。教育、娛樂、保護的功能由社會代理，宗教、性別的功能由個人予以實現。

「家」只剩下親人的關愛功能，但是它變成了最強大的桎梏。來自鄉下地方的年輕人們像是蝸牛一樣，背負著虛幻的家，總是被它的重量壓得喘不過氣，毫不自由。

親人的關愛究竟是什麼呢？這個疑問總是困擾著我。那對於家母而言，幾乎是命中注定，但是對我而言，卻是純屬巧合。

少年時期，我迷上了以母愛爲主題的電影。在發出廁所臭味的城郊電影院，看了三倍賺人熱淚的電影《三位母親》。它的主題曲是：

按著乳房回頭望

爲母才淚流

我如今也能朗朗上口地唱。

戰後，許多父親死於戰爭中，在貧窮的母子社會中，「母親被迫捨棄孩子」。當時，大映拍攝了一系列以母愛爲主題的電影（三益愛子飾演母親，三條美紀飾演孩子），劇情一貫都是「因爲生活困苦，母親不得已捨棄孩子，孩子長大時，理解母親的苦衷，不恨母親，報答恩情」。

但是，二十年的歲月辜負了以母愛爲主題的電影的女主角期待。在變得富庶的社會，年邁的老母被視爲累贅，「孩子捨棄母親」的社會到來。被歸納爲老人問題的悲哀母親們，希望依靠「親人的關愛」，恢復自己在容身之處「家」中的地位，作爲最後的堡壘，度過殘生。

我也不是不能理解這種母親的心願。但顯而易見的是，倘若此時同情家母，我們就會再度以親子的親情爲核心，接受宿命一般的家庭形態，像是蝸牛一樣，無論去哪裡都要持續背負著「家」。

我告訴家母：「我正在寫〈勸離家〉。」

家母說：「噢，我也贊成。

「因爲如果你要離家，我也會跟你一起走。」

穿著長靴的男人

我討厭鞋子。除非必要，我就不想穿。

我從小時候就隱隱察覺到，鞋子並非一般的穿戴物品，閱讀鵝媽媽的童謠之後，我對此堅信不移。

我心想，「住在鞋子裡的老婆婆」大概是母親。

而鞋子作爲「家」的比喻，表現「無論天涯海角，如影隨形」這種親人的宿命。王子帶著玻璃鞋，造訪灰姑娘家，看在任何人眼中都一清二楚，王子是在尋找「適合自己家的媳婦」，而「長靴三劍客」因爲不聽父母的叮囑，長靴黏在頭上拿不下來，長靴也是在表現父母的權力。

因此，我討厭鞋子，直接等於討厭家。我是在剛滿二十五歲之後不久，才終於穿鞋。

當時，我和剛從松竹少女歌劇團的舞者變成電影女演員的九條映子結婚。她飾演我寫的劇本《乾涸的湖》（篠田正浩導演）、電視劇《Q》中的角色，不知不覺間，她成爲我的絕佳討論對象。

我從家裡跑出來，不顧家母的反對，舉辦婚禮。她的家人全員到齊，而我只有谷川俊太郎夫婦以「家人」的身分出席。

我從服裝出租店租了燕尾服，穿上鞋子，搖身一變成爲「臨時的紳士」。坦白說，我十分不安，但我記得主持儀式的教堂神父的東北腔很重，令我鬆了一口氣。

結婚之後，婚姻生活維持了六年左右。在那之前，無論是在詩歌，或者其他創作中，我都極度討厭「告白」，我認爲，我不是爲了「表露自己的內心實情」而寫，反倒是爲了「隱藏自己的內心實情」而寫，但是在婚姻生活中，那種醜腆不適用的事情逐漸浮上檯面。

當我在理髮店理髮，妻子提著購物籃進來。

我滿臉肥皀泡沫，理髮師正在替我修臉。

我看到鏡中的妻子，心想「希望她沒有發現我」，縮起脖子。於是，妻子忽然大聲地說：「找到你了！」

四周的客人哄堂大笑。

妻子問：「今晚的菜要吃什麼？」

我難爲情地恨不得找個地洞鑽進去，低聲隨便回答，但是妻子似乎沒聽清楚，又問：「咦？你說什麼？」

「家」這個令人無所遁逃的事物，再度攫住我。話說回來，對於原本身爲女演員的妻子而言，她認爲私生活也「該是値得被人看的事物」，因此我下定了決心，必須開始經營生活，彌補身爲生活者的缺失。

當時，我們養了一隻名爲吉兒的狗。吉兒是碧姬．芭杜在《私生活》這部電影中飾演的角色名字。

《死在田園》手稿

長期以來，我寫了許多關於家母的事。
尤其是少年時期的和歌中，時常能夠看到。

一陣春風起　蠶豆殼齊唱　向晚蒼穹下思母　我寫下十四行詩

爲了踢黑土　奔馳而去的　一名橄欖隊球員　編織線衫的母親

諸如此類的和歌。
但實際上，這種和歌並非全部都是事實。
我和家母在我讀小學時訣別，最後沒有一起生活。因此，和家母之間的散文全部都是我虛構的，並非現實。

那麼，爲何盡寫壓根沒有的事呢？

我自己每次針對家母書寫，都會對於「不知不覺間，筆擅自寫了起來」感到離奇。

因此，我想要分析一下自己「捏造回憶」的惡習。

那就是這部電影《死在田園》的動機。

一個男人想要針對自己的少年時期訴說時，會修改、美化記憶，訴說「希望實際上發生的事」，而非「實際上發生的事」……我至今耳聞目睹過幾個這種案例。

無法修改未來，但是能夠修改過去。而如果認爲實際上沒有發生的事，也在歷史之中，唯有透過改寫過去，人才會從現在的束縛獲得解放。我如此心想，從將一名少年當作主角，把「我的過去」拍成影像做起。

「我的設定是」和母親兩人生活在荒涼的東北村子。

當馬戲團來到村子，仰慕馬戲團的空氣女，跟著巡迴演出的國中生。

戀慕隔壁家的美麗人妻，認眞地寫錯字連篇的情書給她，夢想成眞，成功地達成「兩人去旅行」這個約定。孤單寂寞，也沒有交情特別好的朋友，總是沉溺於閱讀《少年俱樂部》，因此唯獨出現在其中的冒險彈吉、野狗黑吉和鞍馬天狗等虛構人物是說話對象。

但是，這種虛假的少年時期經由飾演我自己的演員，暴露於電影中。在電影中，我遇見「少年時期的我」，針對家母的形象互相訴說，一點一點地重新修改過去。而家母被戴上兩張、三張假面具，變得越來越虛構。

以亡母的紅梳子　替山鳩梳毛　羽毛不住地脱落
亡母的牌位後方　有我的指紋　淒清淡去的夜晚

在和歌中，家母已經死亡，而在電影中，被描寫成永遠在等候離家少年的家母。

家母的家位於恐山山麓，烏鴉群聚的貧寒鄉村景象中。在電影中，我深愛著家母，同時憎恨她。

八千草薰飾演的美麗人妻、春川眞澄飾演的空氣女、新高惠子飾演的疏散女童，這些女人作爲「家母形象的分身」，看起來像是引誘一名少年進入的迷宮。

實際上，說不定我是使用35釐米攝影機，匆匆地蓋了家母的墳墓。

眞實的家母似乎和那樣的我毫無瓜葛，持續流浪。當酒館的女服務生，輾轉徘徊於粗魯礦工們居住的小鎮，去了哪裡呢？我沒有聽到半點風聲。秋季七草。寂寥……

就連這麼寫，也已經變成了虛構……

II 巡迴藝人的紀錄

巡迴藝人的紀錄

小時候，我看過一個「擁有鐵胃的男人」。

他在小學的禮堂，現場表演吞刮鬍刀的刀刃給我們看。

也有一個名爲「幫浦人」的怪人，來到村子的空地，還有一對名爲「噴火超人」的兄弟。除此之外，像是患有多毛症，羞於見人的「熊女」、長得神似去世家姐的「長頸女妖」，以及一個令人懷念的「巡迴劇團」。他們究竟消失到哪兒去了呢？假如能夠再見到他們，說不定我的孩提時期也悄然隱身其中。

當時，我在年邁叔母的建議下讀聖經，《約伯記》第二十四章中提到：「盜賊黑夜挖窟窿，白日躲藏，並不認識光明。他們看早晨如幽暗，因爲他們曉得幽暗的驚駭。」

如今，這一段記憶猶新。

眾多雜耍、怪胎秀的幻影一直「挖鑿」我心中長久以來遺失的「屋牆」，不斷催促我返回孩提時期。

說到巡迴藝人，我想起秋季七草。不知為何，每當羅列胡枝子、芒草、葛、瞿麥、敗醬、佩蘭、桔梗，我就會想起少年時期看過的市川昇劇團。我看過三次市川昇劇團的戲劇。劇目三次都是《石童丸》。我清楚記得第三次看時，這個改編中古時代宗教故事的鄉下戲劇最精彩的部分，能夠獨自吟誦。

「三天兩夜轉瞬過，無人看似父。母在山麓令人憂，滿心欲歸返，吹拂松樹的風聲，亦似母之聲，聽見山鳥喔喔啼，疑似父之聲，疑似母之聲。」

市川昇劇團在鯡魚捕獲季的空地，有中將湯看板的地方搭戲棚，幾面褪色的旗幟在陰天底下飄揚的樣子，感覺並非雜耍，而是一場華麗的惡夢。當時，我喪父，孤兒寡母，家母為了維持生計，將我託給別人家，前往九州「工作」。住在附近的木工工頭曾經一把揪住我說：「眞可憐，你媽再也不會回來了。」

我聽不太懂工頭說的話，但他的言下之意是，我的母親在九州也有個家，那裡還有「另一個我」。我向小學請假，去看市川昇劇團的《石童丸》，演到戲劇的高潮時，我跑進廁所裡大哭。那是尋訪父親，爬上高野山的石童丸，尋父未果而回來一看，唯一的母親過世了……這個場景。

接著，「石童丸哭哭啼啼，三步併兩步，下山來告知母親，豈料猛一看，可憐母親等不及，嗚呼撒手去，化爲草葉上露珠，消逝於山野。」這段音律在我的腦海中揮之不去，我在不知不覺間，學會了以七五調寫文章。

如今回想起來，這齣戲劇肯定是將並木宗輔的義太夫節《苅萱桑門筑紫轢》摘錄成流行歌曲風格，而非薩摩琵琶風格，但無論是它非日常的台詞說法，或者明眼人一看就知道是布景的大道具，對我而言，一切都足以作爲惡夢的必備要素。

我特別從別在戲棚前的襤褸旗幟後面的幾張照片中，找出飾演石童丸母親的演員照片，每天去看它。

顯影不清楚、完全泛黃的那張照片，和我的母親一點也不像，有一張白皙的臉，臉上有幾許落寞，令我懷疑她搞不好對我的事瞭如指掌。劇團拆除戲棚，出發前往下一個巡迴地點那一天，我下定決心，去見那位演員——市川仙水。繞到戲棚後方，再從晾著衣服的地方繞到後台入口處的黑暗中，一名身上只穿衛生褲和肚圍的男子，正在洗臉台洗眼睛。

男子似乎罹患砂眼，眼睛發紅充血，反覆換水，一遍又一遍地重複相同的動作。

我說：

「我想見市川仙水先生。」

於是，男子抖動臉，甩乾水說：

「什麼事？」

我低下頭，小聲地說：

「我只是想見他。」

男子狐疑地仔細打量我的臉，問道：

「我就是市川仙水。」

我大吃一驚，看著男子的臉。

那是一張和石童丸的母親長得一點也不像，布滿雀斑、油光滿面的臉。而且明明個頭矮小，唯獨臉很大，渾身菸味，眼睛發紅，不管怎麼洗也洗不掉混濁。「我不是女人，你嚇到了吧？」

仙水說道。

「你別看我這樣，我可是靠發出女人的聲音吃飯的。」

接著，他從肚圍裡扯出一條骯髒的舊手帕，用力擦拭洗好的臉，高聲大笑。

我想要喊一聲「媽」而來到這個地獄。我後悔了。

從此之後，我再也不看巡迴劇團的戲劇了。

腿毛濃密的旦角

我第一次看到的「旦角」，並非歌舞伎演員。

但是，他的演技精湛，將我的少年時期徹底變成了歌舞伎。

青森市浦町的鐵路旁的一棟兩層樓房屋，住著我的小學同學——竹馬。竹馬和母親相依爲命，跟我的處境類似，所以我們兩家時常往來。

竹馬的母親名爲松江，附近鄰居稱他爲松姐，是公認工作勤奮的人。不過，松姐在夏季的某一天，突然死於平交道意外。

我們從學校放學回來，發現救護車停在竹馬家前面，聚集著一大堆看熱鬧的人。我們十萬火急地衝上二樓一看，已經斷了氣的松姐臉上，蓋著一片白布。

突然間，竹馬放聲哭了出來。但當時，松姐腿毛濃密的腳從蓋在他身上的毛毯露出來，奪走了我的目光。不久之後，發生了令人驚訝的事。護理師掀起蓋在屍體上的一條毛毯，我從紊亂的和服下襬，看見松姐赤裸的下半身，那裡有「松姐不可能會有的東西」。我險些感到頭暈。原來松姐不是母親，而是父親。

但是，爲何松姐要喬裝成母親呢？

我事後回想，松姐男扮女裝不是因爲他想要變裝，而是一種處世的智慧。爲了養育獨生子，扮演母親，持續欺瞞世人，以女人的身分度過十多年的歲月，應該是他對於大東亞戰爭的反彈。

東想西想之際，幻想超越事實，不知不覺間，將我關在迷宮裡，我的少年時期被封鎖在虛構的黑暗之中。而那一年有空襲，青森市付之一炬，一切都在當時畫下句點。

十八歲那一年，我第一次看了眞正的歌舞伎。那是歌右衛門主演的《道成寺》；自從歌右衛門從芝翫手中承襲第六代名號之後，第一次演出的《道成寺》，在當時廣受好評。

但是，我在舞台上看到的不是歌右衛門，而是去世的松姐。我覺得所有解謎的關鍵，就潛藏於歌右衛門的《道成寺》之中。

歌右衛門絕非化身爲女人。同樣地，松姐也沒有完全變成女人。他並非在扮演女人的同時，不肯喪失自己身爲男人的內心，而是正好相反，他在扮演女人的同時，沒有試圖回顧自己徒具形體的男人外在。試圖在舉手投足間，整合想要分離成男和女的兩種精神，這種痛苦支撐著虛構的他們。

歌舞伎中，有一種口訣是小生走路時，一隻腳要像女人的內八，另一隻腳要陽剛味十足地筆直，兼具這種雙性的特質，確實深深吸引著我。

我心想：「松姐又是如何呢？」身爲竹馬的實質父親，以及身爲竹馬的虛構母親，兩種身分在他心中天人交戰，直接成爲支撐一個「家」的原動力。

必須獨自編造劇情時，任誰都會在自己的心中尋求對立和爭吵的對手，人格分裂，不得不「一半陰柔，一半陽剛」。但是如此一來，自己的身體會由各種偶然性所構成，能夠孕育「劇情」。

兼具雙性特質的悲劇是不需要別人。歌右衛門這位知名演員在社會上，不過是一名中年男子。

但是在此同時，無法忘記自己在舞台上，是一個美麗的少女。

於是，中年男子試圖和這個美麗少女連結，嘗試在一個身體內，比任何男女的感情更親密地合而爲一。然而，無論怎麼嘗試，兩人的關係分隔兩岸，絕對無法結合。

越無力的人，越想接近神明。無論是古希臘的交換服裝儀式，或者現代有女裝癖的國家公務員，從他們的意識底層，都能看出身爲無力者的部分自覺。想要瞭解是想要從部分自覺變成全部自覺的心之所向，轉變成想要接近神明這種慾望的表現。當然，不管是「穿著女人的衣服，迎接妻子的新郎」（科斯島），或者「剃光頭、穿鞋子，穿著男人的衣服，在床上等待新郎的新娘」（斯巴達），都只是在反映結婚前的年輕人的無力與不安。

兼具雙性特質者是結果，而不是方法。

歌舞伎作爲賤民的表演而誕生，其「旦角」八成也是這種心願具象化，反映了極爲交感巫術性的社會情感。

想要成爲雙性人的人們，並非試圖「超越」男人或女人，大部分都像是賭徒一樣，一直「想要瞭解」。

若將旦角的存在，視爲想要變成雙性人，歌右衛門的《道成寺》等，應該是個不怎麼好的例子。我反而比較喜歡像是弁天小僧等，身爲武士之女出現，有突然變回男人的瞬間的戲劇。我自己也會在天井棧敷的戲劇中，使用相當多種「旦角」，但是其中一定會設置「雙性」分離的場景，我喜歡揭露雙性人戲劇的編劇想法。

那也是因爲我忘不了少年時期的竹馬說過的話。

「我說，竹馬。」

我說，「你母親其實是父親唷。」

於是，竹馬極爲理所當然地應道：

「那種事情，我從一開始就知道了。」

我大吃一驚，問道：

「那麼，你爲什麼假裝不知道？」於是，竹馬微微一笑，答道：

「比起單親，雙親俱在比較好吧。」

馬戲團

我認爲：「鏡子潛藏著墜落的誘惑。」

因爲若是目不轉睛地看著一面鏡子，我就會感到暈眩，彷彿要被吸入它底層的黑暗，往下墜落。那麼，爲了避免墜落，該怎麼做？

「使兩面鏡子相對，站在它們之間。

「於是，鏡子會無限地互相映照倒映其中的人，因此人不會墜入任何一面鏡子的底層，懸浮於兩面鏡子之間。」

這是我的新戲劇作品《疫病流行記》中的台詞，一名男子懸浮於兩面鏡子之間，拚命站著的畫面，直接變成馬戲團走鋼索的男人的畫面，縈繞在我腦海中。因爲日常現實的馬戲團，以及相對的兩面鏡子，被轉喻成理性和狂熱、手和語言、影子和實體、方位、眞品和贋品、記憶和現在。

孩提時期的我，喜歡馬戲團。然而，巡迴馬戲團的帳篷小，我沒有看過空中盪鞦韆。

頂多是走鋼索、馬戲或足技，幾乎和巡迴藝人沒有兩樣。

因此，我是在長大成人之後，才第一次看到空中盪鞦韆。

「來看空中盪鞦韆的人們是……」

帶我去看木下馬戲團的伯父說。

「來看人墜落的。」

那位伯父在神田經營眼鏡行，在戰爭中被霰彈擊中腰部，變成了性功能障礙者。「來看抓住盪鞦韆的男人，在空中接住、拯救跳到半空中的女人這種精彩的表演，是表面上的理由。實際上，是來看男人手滑，女人墜落，慘摔在地上，像青蛙一樣摔成一攤肉泥死掉。」

我出神看著空中盪鞦韆的精彩表演，伯父對我如此「解說」。「所以，你看。空中盪鞦韆的表演者在半空中漂亮地抓住彼此的手，沒有發生意外時，所有觀眾都會拍手，但是臉上明顯露出失望的表情。」

經營眼鏡行的伯父分別將空中盪鞦韆飛身的女表演者，轉喻爲「無依無靠的跳樓女子」、接住她的男表演者轉喩爲「有特殊癖好的救濟者」，他對馬戲團的看法十分獨特，但好像直接反映了他的心情，我不由得感到悲傷。當時，伯母瞞著伯父，和租房子的大學生暗通款曲，伯父爲此苦惱不已。

伯父在帶我去看馬戲團的那一年秋季，發瘋去世。他以紅色細腰帶上吊，屍體懸吊在半空中，左右晃盪，並非和沒人接住他的空中盪鞦韆毫無關係。我感覺自己在伯父和伯母之間，大幅擺盪。

因爲和伯母暗通款曲，「租房子的大學生」其實是我。

經歷了幾個時代
有禍色戰爭
經歷了幾個時代
冬季颱疾風

馬戲團帳篷梁高
梁上有鞦韆
似有若無的鞦韆
盪啊盪啊盪

中原中也將空中盪鞦韆的聲音描寫爲「咿呀～、咿唷～、咿呀唷～」。我不曉得「咿呀～、咿唷～、咿呀唷～」究竟是鞦韆的繩索摩擦聲，還是帳篷中的黑暗晃動的聲音。漫漫深夜。中也將空中盪鞦韆寫成降落傘的鄉愁，或許是將同時代人們的心情寄託於空中盪鞦韆的跳躍那一方，但是對我而言，只有「咿呀～、咿唷～、咿呀唷～」這個聲音，以及伯父的畫面重複，它們永遠徘徊在我的腦海中。

空中盪鞦韆一開始被設計時，八成是盪鞦韆表演者想要將他們的信賴化爲雜耍。若是完全背離馬戲團的起源、空中盪鞦韆的歷史，擅自解釋，那是在天邊的空中，抓住彼此的手的熱情。如果一方放手，另一方立刻死亡。

然而，盪鞦韆表演者確信，無論有任何理由，都不可能「放手」，這堪稱他們對於信賴的自戀。

大多數的情況下，是女人雙手倏地從一座鞦韆放開，跳至半空中（也是因爲體重輕這種馬戲團的物理學）。

而大多數的情況下，是男人用雙手穩穩地接住對方（這也是因爲臂力強這種馬戲團的物理學）。名爲「捨棄一切跳過來的女人、用手接住她的男人、孤立無援的半空中，以及扯開『沙丁魚的喉嚨』，仰望兩人成功與否的觀眾」的人世間。

這儼然是通俗愛情劇的比喻，布滿手垢的注解。但是，如同讓心愛的女人站在門前，不斷將短劍投向她全身四周的表演，空中盪鞦韆也只是「將信賴化爲雜耍」。這是在伯父的引導之下，我想出的馬戲團邏輯。其中，沒有鞦韆的遠近法、走鋼索的（兩面鏡子的）懸浮這種形而上的性質，只會突顯出人與人之間醜陋不堪的愛欲情仇。

「從想到要將信賴化爲雜耍時起，表演者當然應該也想到了將背叛化爲雜耍。」

我如此心想。

空中盪鞦韆的接住那一方在表演的過程中，會受到多少想要放開手這種誘惑呢？一個女人睜開眼睛，嫣然一笑，全身跳到半空中，越熟悉她的信賴，越會感到厭煩，是日常現實原則中的愛情邏輯。我如今也忘不了十年前左右，在康尼島的一間小餐館，「曾是空中盪鞦韆表演者」，如今在賣棒棒糖，名叫海瑟威的中年男子告訴我的經驗談。

「當時，我在辛辛那提的空中盪鞦韆中，臂力是最強的。我會用一條繩索，將妻子——凱薩琳的身體懸吊在半空中，或者讓她不停旋轉。當然，我是坐在鞦韆上。妻子——凱薩琳十分信賴我，無論任何危險的新點子，她都同意。不用說，我們夫妻的感情非常融洽，沒有任何問題。

「某個觀眾爆滿的週日晚上的表演中，凱薩琳在半空中旋轉一圈，跳了過來，我突然想要縮回接住她的手。沒有特別的理由，我只是如此心想而已。欸，或許應該說是著了魔，我只是那麼想了一下，事後馬上後悔了。

「但是那一天，我在正式表演的過程中，想要接住跳過來的凱薩琳時，感覺自己的手瞬間僵硬。我連忙伸出手時，凱薩琳的手掌在我的手背上打滑，我看見她轉眼間往下墜。我並非故意。我很認真，但是失敗了。我想起正式表演前想要惡作劇一下的心情，後悔得要命。假如完全沒有想到那種事，就能當作單純的意外，更快忘懷，重新振作起來。」

接著，海瑟威用因酒精中毒而混濁發紅的眼睛，望向我說：

「報紙強烈指責我。驚人的是，出現這種標題。

「因嫉妒而瘋狂的丈夫，利用空中盪鞦韆，殺害妻子！我不懂那是什麼意思，不知所措。我只是看著刊登在報紙上的凱薩琳照片，淚流不止。」

接著，海瑟威揉了揉眼睛。

「如果沒有發生那種事，我就不會知道這件事……」

我知道海瑟威正在哭泣。

「原來當時，妻子——凱薩琳除了我之外，還有情夫。」

空氣女的時間誌

我在少年時期看過的一個馬戲團，團員們「人人都有一只手錶」。我曾經問馬戲團的空氣女：「如果所有人都有自己的手錶，應該會吵架吧？」空氣女露出匪夷所思的表情，反問：「爲什麼？」我說：「因爲會不知道該相信誰的時間才好。」然而，空氣女告訴我：「任何時間都不會鬥爭。」她說：「因爲時間擁有各自的軌道，不會發生碰撞。」

那一晚，我一回到家，央求家母買手錶給我。然而，家母指著我家唯一的「掛鐘」，說：

「時間啊，最好像這樣，放進大時鐘裡，掛在家裡的柱子上。因爲大家能夠擁有相同的時間，所以幸福。」接著，家母露出告誡我的眼神，說：「想要放進手錶，將時間帶出去外面，這種想法簡直荒唐。」

拿掛鐘去賣　誰知掛鐘忽響起　匆匆夾腋下　前往蒼茫荒野時

若掛鐘是「家」的圖騰，手錶就是在比喻想要逃離「家」。要將手錶的時間視爲日常中的非現實，或者認爲是進一步加深、細分日常，反映個人的內心，那是各自的自由，無論如何，對於少年時期的我而言，我將手錶視爲馬戲團這種旅行的同義詞。若是追根究柢，掛鐘＝家是基於時針運行，而馬戲團則是秒針忙不迭地繞行個人的內心一周，然後回到原點。像是六十進位法的丑角們，在遙遠廟會上發出的吵鬧聲似地吸引著我，那或許成了我的文學、電影、戲劇的核心。

離家出走時，我以粗草繩綁住掛鐘，向「一個時間」告別。

天有搖鈴之巡禮　地有賣淫母
鮮血如狂潮翻湧　染紅虞美人
繁花開滿家地獄　掛鐘的恐山
吾乃不幸的孩子

少年時期的我曾經聽著「家」裡的掛鐘每隔一小時響起的報時，幻想「說謊」的時鐘。

明明是一點，時鐘卻敲七下；明明是五點，時鐘卻敲十二下。幻想令日夜顚倒的時鐘。

那也經常包含數字的詛咒，連續敲兩下（ji）、五下（go）、九下（ku），而形成「地獄」（jigoku）。一下之後是五下，然後是六下、四下，一（hito）、五（go）、六（ro）、四（shi），則是「殺人犯」（hitogoroshi）。

當我半夜在閱讀切斯特頓的推理小說，時鐘敲十二下。我心想「噢，已經十二點了啊」，繼續看下去，過了一小時左右，又敲十二下。

而一小時後，又敲十二下，明明小說往下看了不少，時鐘卻一直反覆敲十二下，令人感到恐懼。或者有一晚，我產生幻覺，鐘聲響起，敲了十二下之後，依然敲個不停，敲到十三、十四下，爲了讓它一百、一千、一萬地永遠持續敲下去，我數著它敲幾下，所有人都老去。

針線盒的針已鈍　再無法縫合　我與母親的情感

說到這個，我也曾寫過一個有「時鐘恐懼症」的男人的故事。

男人最近試圖自殺，問他為何尋死，他說時鐘很恐怖。因為老母親在古老的掛鐘上吊，鐘擺彷彿她隨風擺盪的屍體，日日刻劃他的時間，但卻不可靠。他難以忍受自己的日子被別人決定的「時間」裁切，因此自己試圖成為時鐘。

在地上畫一個圓，站在它的中央，陽光照在自己身上會產生影子，若以它為指針，成為人體時鐘的核心，時間再精準也不過了。接連幾天只是守著光陰，無為度日，並且以此為喜。如此一來，男人再也沒有遲到過。

自從死亡之日起　時鐘倒著走　最終沒有到「現在」

連鴿子般的叫聲　男人也沒有發出

隨著時鐘的聲音散佚的「時間」，含有禁得起重製的偶然性，經常引發第二次的事情。

十八世紀，法國最激進的唯物論哲學家、醫師——朱利安・奧弗雷（《人是機器》的作者）說：「人體是會自動上發條的機械，也是永恆運動的活範本。人體像是時鐘，而且是巨大的時鐘，以非常高超的技巧，精心製作。」但我經由撰寫有「時鐘恐懼症」的男人的故事，或許也嘗試將自己化為一個時鐘。

手錶的時間看起來是特有的時間，但其實是在補充歷史時間。應該也可以說，倘若眞的想要逃離「時間」，唯有自己化爲時鐘，永遠一直見證「並非只有人們記載的事情是歷史，沒有被人記載的事情也是歷史的背面」。

儒勒・凡爾納在《佐其瑞大師》中，描寫一個被時鐘附身的男人，其中有下列這兩段話。

——機械自行運作，測量時間，簡直可笑。明明只要使用日晷就行了。

——日晷?!好可怕。那是該隱的發明。

童謠

小時候，如果我沒有婉轉地說「往生」，而是說「死掉」，就會挨罵。然而，不管怎麼挨罵，對我而言，人生的結束是「死掉」，而不是「往生」。說也奇怪，即使我長大成人，這種認定的想法也始終跟著我，畫家——莫迪里安尼、拍立得相機、黏在一起，分別被我亂改成莫里迪安尼、拍得立相機、黏作夥。

不久之後，這種錯誤被我刻意地變成一種方法，用於創作詩歌。我就像是修理鞋子一樣，記錯石川啄木和北原白秋的和歌，重新改編，然後僞造成自己的和歌。

老實說，「製作贋品」的愉悅讓我領略了文學的美好。

我相信唯有自己修改完成的東西才是「自己的文學」，別人直接給的東西不算，於是三天兩頭製作贋品，保存於自己的筆記本。

在此，容我介紹其中的一首童謠。

名爲〈紅色小鳥〉的一首歌。

紅色小鳥小小鳥
爲何爲何是紅色
因爲吃了紅果實　因爲吃了紅果實

教我這首歌的人是一個名叫眞由美的酒館小姐。我唱這首歌兩、三遍的過程中，製作贗品的老症頭又忍不住發作，壓抑不了。

紅果實究竟是什麼的暗喻呢？這首歌該不會是社會主義革命的歌吧？抑或在強迫人接受「近朱者赤，近墨者黑」這種訓誡呢？無論如何，背後肯定隱藏著某種故事。

我試著以一樣的曲調唱。

紅色小鳥小小鳥
爲何爲何是紅色

因爲被男人甩了　所以喝悶酒澆愁

光是這樣，實在不夠完整。因此，我決定再加一段。

紅色小鳥小小鳥
爲何爲何是紅色
因爲捅男人一刀　被他的血濺滿身

於是，我開始覺得這首童謠是非常可怕的歌。原來天眞的童謠背後，也隱藏著這種陰鬱的傷害事件。

我心想，要唱這首歌，我大概還早十年。

說到這個，教我這首童謠的酒館小姐——眞由美，現在不知過得可好？

後來過了一年，我聽說她對男人死心，回去故鄉了。然而，沒有人告訴我，她是否如今仍然唱著〈紅色小鳥〉。

改手相

爲了偷改生命線　有一根鐵釘　藏在我的抽屜裡

小時候，我曾經因爲別人說我的生命線短，而用釘子割傷手掌，滿手鮮血。然而，用釘子割出的小肉溝，隨著傷口癒合而消失，我的生命線依舊很短。除了生命線之外，智慧線也短，就連命運線也似有若無。

每當我盯著自己的手掌，就害怕將來。當時，我聽說和我居住的村子隔一座山的鄰村，有位「改手相」的大叔。

據說他是一位白髮大叔，讓手相差的人握著寫了神諭的紙張，三天三夜不張開手，張開手時，手相就改變了。

我想要去見那位大叔。

然而，聽說他要收取五百圓費用，我無法輕易拜訪。對於小學生的我而言，五百圓是一大筆錢，而且我家父親早逝，母子過著貧窮生活，我知道終究無法將錢花在那種事情上。

儘管如此，我心想：「母子二人被迫過著這種清寒的生活，一定是手相害的。」

我下定決心，爲了去見改手相的大叔，不得不做點犧牲。

拿掛鐘去賣　誰知掛鐘忽響起　匆匆夾腋下　前往蒼茫荒野時

我用包袱巾包住掛鐘，搭火車到距離兩站的小鎮上的當鋪，想借五百圓，如今回想起來，那一天是秋分。

我在北國特有的陰鬱天空下，將掛鐘夾在腋下，避免被家母發現，溜出家門，爲了修改被惡靈妨礙發育的十一歲手相。

但是，小鎮上的當鋪老闆不肯讓我典當掛鐘。老闆鑑定有氣喘病的發條和款式古老的明治時期掛鐘，說他實在無法借我五百圓。

我無計可施，只好放棄拜訪改手相的大叔。

說起來，命運是偶然的，但是所有的偶然並非由命運決定。愛讀石童丸的戀母少年，如今超越自己的手相長度，過了三十歲。

儘管如此，我時不時注視自己的手掌，一陣落寞湧上心頭。尙—保羅・沙特說「存在先於本質」，但是對我而言，手相是存在，抑或本質呢？

召魂

我不相信能夠和死者說話。

但是，我第一次爬恐山時，親眼目睹靈媒召魂，明白「原來還能召喚死者」。

恐山的靈媒是一群失明的老婆婆，於農忙期務農，有空就來到靈場，轉達和死者之間的對話。

遍布岩石的恐山矗立於北國陰暗的天空下。靈媒於它的山頂，趴在行李箱的蓋子上，開始一面撥動念珠，一面吟唱類似咒語的固定話語，諸如：

這並非發生在人世間，而是發生在通往陰曹地府的山路旁，冥河河灘的故事。

少年時期，我請靈媒召魂，和去世的家父說話。

家父只說了極爲無關痛癢的話，但是我心滿意足。靈媒從去世的家父「上身」

時起，說話變成男性用語，化爲家父訓斥我，那不只是改變聲色，而是不折不扣的「召魂」。有的人說，召魂有二十四種模式，靈媒只是依照對方的遭遇和死者的狀況，「演出」其中一種而已，但我認爲，透過精神性的編劇法也是一種相遇，所以十分滿意。

也有人說，從前的召魂費是五十圓，如今漲到八百圓，靈媒也熟悉媒體，對曲調下一番工夫，或者加上花腔。那是一種詆毀的說法。

近來，客人也忘了和死者對話要嚴肅，希望靈媒召喚亨弗萊．鮑嘉，或者希望靈媒召喚自己墮胎的孩子，令靈媒感到困惑。

說到這個，我第一次前往恐山，請靈媒召魂時，發生了一件不可思議的事。一位年輕的丈夫請靈媒召喚去世的妻子，妻子上了靈媒的身，說「我眞正心愛的男人不是你，而是住隔壁的正造」，丈夫勃然大怒，把失明的靈媒當作去世的妻子，掐住她的脖子，殺死了她。這是一起悲劇，這位「太過相信召魂的丈夫」被判重罪，移送網走監獄。

丈夫在警察局說「我只是掐了死去的妻子脖子」，但是被掐住脖子的不是他死去的妻子，而是靈媒。

如今，我在恐山的一間旅館撰寫這篇稿子。相隔二十年爬上來靈場，已是深秋。我心想，沒有鬼朋友令人感到有點寂寞。然而，需要鬼朋友更令人感到寂寞。

剪影畫

我在收集自己的影子。

如此一說，朋友大多會說：「哇！怎麼收集？」露出吃驚的表情。

雖說是收集影子，但影子是光線一消失就會不見的東西，所以無法搬運或保存。

然而，我是一在月光或燈光下形成影子，就將黑色呢絨紙鋪在它上面，切下影子的形狀。

我會將剪下來的影子寫上日期，代替「日記」保存，有時是長髮的影子，有時是短髮的影子；有時是穿著外套的影子，有時是穿一件襯衫，腋下夾著筆記本的影子。無論哪一個影子，一律都是彎下腰，替影子描邊的姿勢，儘管如此，具有特有的表情，符合我的喜好。

少年時期，我曾經讀過岡本綺堂的〈被人踩到影子的女人〉這個短篇，內容是有一個女人相信「假如自己的影子被人踩到，一年之內就會死亡」這種迷信，她在月夜被人踩到影子而發瘋，有光的時候，不會踏出家門一步。

實際上，也有各種影子的民俗文化，像是影子占卜、影子附身等，研究「影子的歷史」也很有趣，但我剪下影子保存，差不多就和寫日記一樣，沒有更深一層的意義。儘管如此，累積一百多個自己的影子之後，也不得不針對影子，進行種種思考。

大致上，說到影子，一般人都認爲有實體，但也有沒有實體，只有影子的景象。像是高松次郎的影子系列的畫作等，就屬於後者，他只描繪某一天，映在無人的牆壁或派對結束的大廳的影子。而即使本人不在了，影子也留在牆壁上，透過這種本人不存在的紀錄，詢問「時間」對人而言的意義。

看著他持續描繪影子十年的過程中，我也開始對於高松次郎本身的影子感興趣，剪下他的影子保存。其中，也有像是弗雷德．布朗的小說，描寫本體是影子，影子才是本體這種故事。明明以手槍射擊本人也毫髮無傷，但是以手槍射擊影子的話就會死掉，我也曾經閱讀這種奇談而哈哈大笑。

我也時常在想，假如有比我的動作慢半拍的影子（像是影音播放裝置，晚幾秒鐘才跟上）、比我的動作快半拍的影子，應該很有趣。

比我快半拍的影子遇上橫禍死亡。然而，本人還不想死，所以內心掙扎，不想被捲入其中。縱然我想要和自己的影子切割，它也緊緊跟隨。搞不好人生就是一場「逃離自己影子」的遊戲。

假明信片

在阿姆斯特丹的港都的小舊家具店，販售各種稀奇古怪的東西。像是狗的標本、將船員的刺青皮膚裱框、去世的家人照片、無法使用的門把，乃至於瓶裝的海鷗。

其中，我喜歡的是舊明信片。

看到船員在各個港口寄給熟識女人的明信片，蓋著幾十年前的郵戳，陳列在展示櫥窗，莫名地深深吸引我。

在還沒有彩色照片時的明信片，大多是以墨水人工著色的，但是長期下來會褪色，變成奇怪的顏色，而且墨水會糊掉或變色。愛情故事的主角們應該早已過世，或者不再談情說愛，含飴弄孫，將年輕時的一夜纏綿等，忘得一乾二淨。但是，唯獨明信片隨著「我愛你」「我想你」等常套句，永遠陳列在展示櫥窗，取悅旅客的目光。

據說最近在紐約蘇活區，出現明信片專賣店，陳列的盡是使用過的明信片，十分暢銷，成爲一連串古董風潮的主打商品。人們應該不是要買明信片這種古董，而是要買「別人的過去」，從中發現樂趣。

這句話雖非出自海爾・哈特利之口，但是「所有的過去會變成故事」，因此別人的過去的特有性，或許比複製的小說更有趣。

說到這個，我聽說這種明信片也有不少贋品（並非眞實人物寄給眞實人物的明信片），產生興趣。因爲改編過去、修改記憶，是一種伴隨些許愧疚的樂趣。

因此，我也想要製作假明信片玩一玩。

我於一九七七年二月著手，首先拍幾十張黑白照片，褪色之後人工著色。我尋找老舊的鋼筆頭，寫下寄給虛構女人的情書、地址，貼上昭和初期的舊郵票。

我請印章店製作「橫濱→上海」「上海→橫濱」這種郵戳印章，蓋在郵票上面，再將完成的明信片曝曬於陽光下，讓它變色。

看到使用絲網印刷，滾筒印刷出汙漬、煤灰的成品，逼眞到連我自己都看得入迷。

譬如設定是一九二九年七月，身在上海的我寄給橫濱的康子這個女人的情書。實際上，我生於一九三六年，因此不可能有這種「事實」，但若是將這種另一個過去變成現實，仔細一想，另一個我已經七十四歲。但是，進入那種記憶迷宮的樂趣，又豈能一口斷定不是我本身的經歷？

我想起了一位英年早逝的詩人的一句話。

「實際上沒有發生的事，也是歷史的背面。」

桌子的故事

據說有一種作家的疾病，叫做想要大桌子症。

深信桌子越大，越能寫出好東西，五公尺見方的桌子很常見，一旦病入膏肓，也有六張榻榻米大小左右的大桌子。

或許是想要一整晚在它上面走來走去，想出好點子，無論如何，那是一件愉快的事。

我總覺得寫了《格列佛遊記》和《書的戰爭》等書的吹牛大王——強納森・史威夫特等人，是無可救藥的大桌子愛好者，而革命詩人——馬雅可夫斯基等人，則搞不好是在傷痕累累、有汙漬的大眾餐館的桌子寫作。

從事建築的朋友說，桌子除了面積之外，高度也是一個問題，桌子和椅子之間的關係會使撰寫文章的人天馬行空，或者回顧過去。說到這個，我曾經聽說一位一天到晚被雜誌編輯催稿的「流行作家」，每晚必須寫一百張稿紙，因此特別訂製了高一百五十公分的桌子。

他一坐著寫稿就會睡著，所以面向那張桌子站著寫，一想睡覺，就邊踏步邊寫。

寫這種內容的我本身，沒有桌子。住在廉價公寓的我沒有書房，而且我原本就受不了在同一張桌子寫作。我喜歡變成吉普賽作家，帶著稿紙和兩、三枝鉛筆，以及讀到一半的書，輾轉落腳於公寓周邊的咖啡店。

寫長篇論文時，我會使用附近小咖啡店的木桌。我從這家店看得見木紋的桌子，能夠感受到歷史，讓我不由得靜下心來，而且沉默寡言的老闆默默替我沖泡的咖啡，苦中帶酸，帶給口腔清爽，提神醒腦。店內以似有若無的音量，播放著艾瑞克・薩提的鋼琴小品的唱片。

但是，撰寫關於賽馬的散文等時，它前面兩、三家的中餐館的吧檯，或者總是流瀉著古賀旋律的酒館合成樹脂桌面的桌子，感覺比較合適。

冰果室的玻璃桌子適合寫電影的感想等，而放在大腿上的旅行包側面，則搖身一變成為用來寫短歌的桌子。因此，「人生所到之處都有桌子」。

我自始至終的一貫主張是，自從桌子這種「用來寫作的檯子」被製作販售之後，文學家成爲自虐的快樂俘虜，將自己監禁於書房這個牢房，遠離街頭的活力。桌子不是一種「固定存在」的事物，而是一種「隨機變化」的事物。

我關於桌子的研究，就發表到這裡結束。

女人或老虎

運動場內，觀眾萬頭攢動。

競技場內有兩個籠子，其中一個關的似乎是美女，另一個是老虎。

然而，籠子的入口被布幕遮住，看不見裡面。

一名年輕人在觀眾的注視之下，處於必須打開其中一個籠子不可的狀況。遊戲設定是假如打開老虎的籠子，年輕人就會遭到老虎吃掉而死，但假如打開美女的籠子，就能和她結婚，抱得美人歸。

年輕人霎時瞄了觀眾席一眼。

國王和公主並肩坐在觀眾席上。公主和年輕人情投意合，但是他們的關係被國王發現，被迫成為這場死亡遊戲的犧牲者。年輕人像是在求救似地，看了公主一眼。

公主知道老虎被關在哪一個籠子；是唯一能夠救年輕人一命的人。

年輕人向公主尋求暗號。公主面無表情地發送暗號。於是，年輕人有所遲疑。公主會不顧自己的情人被其他美女搶走，也想救他一命嗎？或者爲了守護兩人的戀愛回憶，讓他選擇死亡呢？那對於年輕人而言，也是一個謎。年輕人靠近其中一個籠子。

話說，年輕人會打開公主給他暗號的籠子嗎？還是打開「另一個籠子」呢？這個問題是自古以來的一個謎語故事，答案有無限多種。

許多作家詮釋這個謎語故事，感覺每一個都言之有理，同時也虛假不堪。我也針對「女人或老虎」尋思千百回，答案盡是「無論打開哪一個，裡面都關著老虎」。公主大概告訴年輕人哪一個關著老虎。

因爲與其被其他美女搶走情人，女人寧可讓情人選擇死亡。因此，如果打開不是公主暗示的籠子，就會得救，但是在公主的見證之下，打開不是她暗示的籠子，等於是背信。縱然倖存，有何顏面再見公主？

智慧是殘酷的。而且智慧告訴年輕人該打開哪一個籠子才好，使他變成無趣的男人。

這種情況下，除了命喪虎口之外，別無他法。我認爲，那是一種瀟灑。鵝媽媽是否也如此教導我們？

當我小的時候
我擁有一丁點智慧
直到許久之前
我的智慧仍未有所長進
恐怕無論再過多久
直到死亡都不會擁有智慧
年紀漸漸增長
我的智慧卻一點一點流失

兩分三十秒的賭博

一名罪犯逃到國界。

跨越國界之後，就安全了。

他在位於國界的藥妝店稍事休息，喝一杯咖啡。

打開門走出去，外頭就是一片自由的天地。

他喝完咖啡，忽然留意到一旁的點唱機。

其中有一首令人懷念的歌曲。

他投入十美分，側耳傾聽那一首歌。

天空晴朗，鳥兒在國界的天空啼囀。殺人到手的錢應該足以支應他今後一生的生活玩樂費用。

他感慨萬千地聽著那一首歌。

不久之後，歌曲結束，他站起身來。

於是發現，拿著手銬的刑警站在他身旁。

他眼看著就要自由卻遭到逮捕，被帶往水泥高牆內，再也看不到陽光……

他在門前停下腳步，問店裡的調酒師：

「你知道這首歌幾分鐘嗎？」

於是，調酒師回答：

「兩分半左右。」

這是我最愛的約翰・休斯頓導演的幫派電影《夜闌人未靜》的最後一幕。

休息短短一首歌的時間。恢復人性的兩分三十秒，讓他賭上人生大幹一票才獲得的成功化為烏有。觀眾心想，為了聽一首歌的代價多麼高啊。若是秤量兩分半的長度和人生的長度，應該會明白將時間浪費在那種無畏的事情，多麼愚蠢……

說到這個，如今為什麼會懷念起這種古老的電影呢？

是因為懷念電影中出現的瑪麗蓮・夢露嗎？

當然，那也是原因之一。

但比那更重要的是，兩分三十秒這個一首歌的時間，和將近四十一年的德比馬賽息息相關。

大前年，名駿Meizui以兩分二十八秒七的成績，跑完德比馬賽兩千四百公尺的綠油油草坪（這是德比馬賽的歷史紀錄）。

前年，Shinzan慢了一點，兩分二十八秒八。去年，Keystone在雨中的不良馬場，以二分三十七秒五跑完。這些成績都是一首歌的長度。法蘭克・辛納屈的〈芝加哥〉也是一樣的長度，而高倉健唱的〈唐獅子牡丹〉，也是不到兩分半。

這是一個秤量道義與人情
道義較重的男人世界

爲了這一首歌的長度，賭上一生的純種賽馬的宿命，說悲哀也悲哀。

換作是人（而且是平凡的上班族），兩分三十秒根本是零星的時間。他們大多閒得發慌，所以沒有特別賦予「兩分三十秒」這種時間長度意義思考的習慣。

對於對「有無趣事」這種電影名稱產生共鳴，閒來無事四處打幾圈麻將的上班族而言，兩分三十分左右的時間只是「決定座位、東家，東家擲骰子，決定加分牌之後，瞧一瞧自己拿到的牌好不好……」這種長度。

以兩分三十秒吃完兩碗中式湯麵、以兩分三十秒追到女生、以兩分三十秒看完岩波文庫的《國家與革命》二十頁，那不過是一般日常生活的一部分，應該沒有「賭上性命」那麼誇張。

不過，越是在短時間內拚命的事物，我越有親切感。因爲比起從三天感到活著的意義，從三分鐘感到活著的意義，「能夠活得更加充實」，而且十分能夠切身感受到「燃燒生命者」的光榮與悲慘。

一代領跑王 Keystone

跑到死的馬也有許多不爲人知的故事，但如今依然令我耿耿於懷的是Keystone。Keystone是一匹矮小的馬。牠從處女戰就將對手甩在後頭，遙遙領先，最終在六歲那一年年底的阪神大賞典中，於第四區轉彎時氣力用盡，頹然倒下而死。

我一位在做調酒師，姓李的男性友人喜歡「夕陽趕緊下山！」這句話，以奇異筆大大地寫在紙上，貼在租屋的牆壁上，但我問他「那是什麼意思？」他也不回答。不過，他待在祖國——韓國時，因爲窮困而偷竊，被關進少年感化院，從此之後，他的青春歲月就在「逃跑」中度過，所以那一句話中，想必蘊含著格外強烈的悲傷和憤恨。

李說：「因爲我懦弱，所以一味逃跑。堅強的夥伴們如今也在和政府的法西斯主義奮戰。」

是我教李賽馬的。李看到賽馬報的腳質那一欄，選擇寫著「領跑」的馬下注。因此，在福島和函館的地方賽馬場還好，換作東京府中賽馬場，就很難贏得彩金。就在那個時候，Keystone出現了。

這匹棕色的小領跑馬，命中注定是賽馬。牠有Tamami般的爆發力、Berona般的華麗，以及雖然沒有Hishimasahide般的氣勢，但是彷彿偷竊少年在草地賽道上拚命逃跑，渾身散發著一股難以言喻的悲劇氛圍。

牠在港都——函館的處女戰中，於下雨泥濘的不良馬場成功地甩開對手，抵達終點。從此之後，Keystone展開了半輩子的漫長領跑生涯。牠在札幌是如此，在京都的兩場比賽是如此，來到東京的彌生賞亦是如此。六戰全勝，其中三戰創下歷史紀錄獲勝，擁有亮眼的成績，但是澄澈的眼睛總是像在畏怯什麼似地惶恐不安，絕對沒有給予賽馬迷強馬這種印象。

當時，每當Keystone參加比賽，李就會買牠的賽馬券，存款一點一點地增加。但是，牠的連勝畫下句點那一天來了。出現被視爲Kodama、Shinzan的接班人，Hindostan之子——Daikōtā這匹超強後來居上馬，在春季錦標賽中，輕易地追上想要率先抵達終點的Keystone。接著，Keystone在皐月賞中，再度以第十四名的成績慘敗，開始遭人竊竊私語，說牠終究是一般的領跑馬。賽馬迷之間風傳：「牠最終還是被打回原形了。」

當然，在德比馬賽中，Daikōtā最受歡迎，Keystone的評價下降。德比馬賽那一天，從早上下起傾盆大雨。我被激烈的敲門聲吵醒，開門一看，眼前站著身穿雨衣的李，他說警察在追他。我問他做了什麼，他也不回答，說他等一下要跨海偷渡回祖國。

李說：「所以今天的德比馬賽，你用我留下的所有錢，押Keystone獨贏。」我覺得他很亂來，但是他有一股不容我置喙的窮途末路感。接著，李在雨中消失遠去。

眾人認爲在德比馬賽中，Daikōtā鐵定會獨占鰲頭，但是Keystone豁出性命，成功率先抵達終點。我將Keystone的成功獲勝和李的政治逃亡聯想在一起。

火柴的片刻火光　照亮霧深的大海
祖國之於我　值得捨命守護否

後來，Keystone再度開始連勝。每次Keystone率先抵達終點，我就會想起巧妙地從警察手中脫逃的李。因爲Keystone參加的比賽，如同李的音訊。

因此，一九六七年十二月七日，Keystone在阪神賽馬場的三千公尺比賽中，於第四區轉彎時翻跟斗倒下，李的身影瞬間閃過我的腦海。

那是在遙遠的朝鮮海峽彼端天際響起，一發槍聲的迴響。Keystone就那樣倒下，而我的好友——李也突然斷了消息。

尋求馬羅的面貌

說到私家偵探，自然不得不提菲力普·馬羅。

出現在雷蒙·錢德勒的硬漢小說中的這個男人，年紀約莫四十歲上下、身高一百八十五公分、總是身穿皺巴巴的雙排釦大衣、頭戴禮帽。咖啡喝黑咖啡、酒喝蘇格蘭威士忌蘇打、常用的手槍是柯爾特自動手槍和38史密斯威森特殊彈。

偵探事務所位於好萊塢的卡溫格大樓面對小巷、日照不佳的位置，他沒有助手，空閒時一手拿著玻璃酒杯，閱讀西洋棋的棋譜。

就感覺而言，儼然是亨弗萊·鮑嘉（而且實際上，亨弗萊·鮑嘉在從《大眠》改拍成電影的《夜長夢多》中演出），不同之處在於他遠比亨弗萊·鮑嘉更高且有智慧。

我從少年時期起，印象中的「私家偵探」是有點深藏不露，對於別人的隱私異常感興趣的痞子男，但是自從接觸錢德勒的小說之後，有了一百八十度的大轉變。

無論是菲力普．馬羅、山姆．史培德（出現在達許．漢密特的小說中的偵探）、麥可．漢默（出現在米基．史畢蘭的小說中的偵探）、盧．亞徹（出現在羅斯．麥唐諾的小說中的偵探），都不借助警察權力的力量，獨自和惡勢力奮戰，十分可靠。

我沒有父親，不知從何時起，開始崇拜這種「私家偵探」，成爲硬漢小說迷。

而且，我遇見了幾名私家偵探，但是其中，菲力普．馬羅之所以吸引我，應該是因爲他的「溫柔」。

羅斯．麥唐諾筆下的盧．亞徹被評爲「鐵石心腸包覆犀牛皮的男人」。不過，即使一樣是硬漢小說，菲力普．馬羅有人味。

在《漫長的告別》中，琳達這個女人說：

「馬羅，你有點多愁善感。」

但馬羅在美國冷酷無情的現實中，只是有點人文主義者而已。

伊利奧．高德飾演的菲力普．馬羅（勞勃．阿特曼導演拍攝的電影《漫長的告別》），在單身公寓養了一隻貓。

一旦忙於案件，馬羅就沒空陪伴那隻貓，所以貓總是在鬧彆扭。

貓愛吃的是Courry牌的貓罐頭，但是有一晚，馬羅發現它已經空了。

三更半夜，他爲了貓，飛車去二十四小時營業的食品商店。那一幕很溫馨，馬羅被捲入一起殺人案，精疲力盡地回到家之後，爲了貓去找罐頭。

但是，馬羅找不到要買的罐頭，不得已之下，將其他食物放入罐頭裡，一如往常地餵貓。

但是，貓搖了搖頭，拒絕食物。

馬羅說「吃嘛」，懇求十分虛弱的貓。

飾演馬羅的演員包含一九四五年的狄克·鮑威爾在內，還有亨弗萊·鮑嘉、羅伯特·蒙哥馬利、喬治·蒙哥馬利、詹姆斯·葛納、伊利奧·高德、羅伯特·米契，多達七人，但是沒有半個能夠完美詮釋馬羅。

因此，我每次閱讀錢德勒的小說，都會凝視去世家父的照片，然後兀自點頭。

啊！雨傘

一旦下雨，我就會撐起雨傘出門。

但是天一放晴，回家時一定會忘在哪裡。

目前爲止，不知遺失了幾十把雨傘，數量多到數不清。

但是，即使弄丟或忘了帶回家，我還是學不乖，又想要買新的雨傘。

尤其是幾年前看了墨西哥電影《鼬鼠》之後，我徹底變成了雨傘痴。

在尤杜洛斯基的影像中，一個名叫鼬鼠、一身黑的男人，騎在馬上撐傘，在沙漠中旅行，是令人有些難忘的畫面。

男人在沙中豎立一根木棒，它變成日晷，開始刻劃時間。

鼬鼠騎著一匹黑馬，從對面而來。一個全裸的男孩從鼬鼠的身後緊抓住他。不久之後，鼬鼠下馬，也將男孩抱下來。

接著，他收起黑色雨傘，說道：

「你今天七歲，已經獨當一面了。把你媽媽的照片和玩具埋了。」

男孩將熊玩偶和母親的照片埋在地下，再度打開雨傘時，變成了獨當一面的男人。雨傘從遇見縫紉機，產生超現實主義的教條時起，似乎不再只是防雨工具，在許多的文學、電影、戲劇中，開始產生獨特的作用。

尤其像是最近，只要用手指按手邊的按鈕，雨傘就會倏地全開，喚起一種奇妙的亢奮，如同少年第一次離家出走，買到摺疊刀時一樣。我不知道「雨傘的起源」爲何，但是無論如何，我喜歡它。

最近，我拍的照片和電影中，雨傘一定會作爲小道具出現，這與其說是劇情上的必然性，不如說完全是個人的喜好使然。在浴缸裡撐著雨傘的中年男子；用雨傘代替翅膀，從屋頂一躍而下，摔斷腿的男子；將收起來的雨傘當作劍，擊劍的男子。

以及雨傘下的一對男女。

雨傘是全世界最小，爲了兩人而存在的屋頂。不過，一旦撐雨傘，就不能穿雨衣，因此雨衣派的硬漢（譬如亨弗萊・鮑嘉等），幾乎都不愛用雨傘。

太宰治產生輕生的念頭之後，朋友送他一件夏季的浴衣，他寫道：「爲了穿這一件，我想活到夏天。」同樣地，買新的雨傘那一天，無論發生什麼事，我都會想要活到下一次下雨時，眞奇妙。

游泳的馬

去巴黎時，我在塞納河畔的一家舊家具店，注意到一幅不可思議的畫。

那是一幅游泳的馬的畫。

在那之前，我不曾想像馬游泳的身影，因此忍不住問：

「這是寫生嗎？」

年邁的畫商目光銳利地瞟了我一眼，既不肯定也不否定。

「好像是純種賽馬吧？」

我又問了一次。於是，畫商不耐煩地告訴我：

「是Moifaa。」

Moifaa是於一八九五年，生於霍克斯灣。父親是Natator，母親是Denbigh，牠是一匹活躍於障礙賽的馬。

Moifaa滿三歲時，以五十英鎊被賣掉，遭到閹割，學習障礙跳。

Moifaa天賦異稟，立刻學會障礙跳，包含紐西蘭國家大賽在內，紐西蘭的大型障礙賽幾乎戰無不勝。

根據哈利・波端針對這匹馬所撰寫的報導，Moifaa的馬高超過十七掌寬（約一百七十公分），擁有像是印度牛一樣的鬐甲。

Moifaa八歲時，紐西蘭已經沒有比賽需要參加，所有賽馬迷都希望牠挑戰賽馬發源地——英國的國家大賽。

因此，相關者爲了將Moifaa送去英國，將牠裝上船。目送牠的賽馬迷多達幾千人，可見Moifaa受歡迎的程度非比尋常。

然而，這艘貨船航行一、兩晚之後，遇上可怕的暴風雨而沉沒了。賽馬迷的夢想和船一樣徹底粉碎，連船上人員也無一人倖存。當然，所有人都認爲Moifaa死了，悲傷不已。

但是幾個月後，經過這附近的毛利族漁夫回報，說他從無人居住的小島，聽見令人毛骨悚然的聲音。

根據漁夫所說，那類似「馬嘶」。

於是，一名船長以望遠鏡一看，島上確實有一匹馬。

「搞不好是幾個月前遇難的Moifaa。」

不久之後，聽到傳聞的Moifaa相關者們半信半疑，決定出海前往島上。

而在那裡遇見的果然是Moifaa。

哈利・波端也寫道：「Moifaa是如何在暴風雨中，和連船都吞噬的大海搏鬥，存活下來，如今仍是個謎。」

誰也不知道，Moifaa是怎麼從船底的狹窄馬房逃出、怎麼在狂風暴雨的大海游泳。

但無論如何，Moifaa回到了紐西蘭。

「在暴風雨中泳渡大海的馬」這個傳說傳遍全國，賽馬迷們再度開始將挑戰全國大賽的夢想，寄託在Moifaa身上。

於是，Moifaa開始接受調教。一年後，牠參加全國大賽，因爲牠的坎坷經歷而備受矚目，但是熱門程度不過是二十比一。

照顧馬的山姆老爺爺嘟囔道：

「賽馬迷喜歡故事，但是下注時就會變得很現實。」

但是，Moifaa實力堅強，在比賽中大放異彩。簡直像是在跳練習用的障礙一樣，接二連三地跨越大障礙，實力遠在對手之上，輕鬆獲勝。

特地從紐西蘭來加油的賽馬迷們說：

「畢竟牠是泳渡狂風大浪的馬，區區跳越障礙根本是輕而易舉。」

哈利・波端在介紹這匹坎坷的純種賽馬——Moifaa的報導最後，以下列這段話總結。

「我覺得這眞是一個有趣的故事。話說，儘管這匹馬遭遇船難，但是泳渡波濤洶湧的大海獲救，若你調查Moifaa的血統，肯定會發現趣味十足的事實。」

我問：

「那是什麼事呢？」

山姆回答：

「Moifaa的父親名叫Natator，在拉丁語是游泳的意思。」

說到我爲什麼在這幅〈游泳的馬〉的畫前面停下腳步，是有原因的。國中一年級的暑假，我在故鄉的河邊替馬洗澡時，曾經一個失足站不穩，被水流沖走。

我原本以爲是淺灘，一下子沉入意想不到的深度，就那麼溺水。

當時，我在洗的馬看著我溺水，假裝沒看見。我持續呼喊馬的名字，就那麼失去了意識。

而我在矇矓之中，夢見自己騎在馬上，泳渡河流，就那麼被扛到醫院。抵達醫院之前的事，我什麼都不記得。我的馬不是Moifaa。

因此，我認爲牠會一輩子拖著貨車，日漸衰亡。從此之後，我得了游泳恐懼症，再也不曾下水。假如我洗的馬是像Moifaa的馬……一思及此，我就滿心遺憾。

我一直站在塞納河畔的舊家具店，入迷地看著那幅〈游泳的馬〉。

旅行的尾聲

我無法成為父親　凝視著老狗　在遠方外海游泳

這是我以原子筆記在法國報紙《Nice-Matin》一隅的一首短歌。

看著在遠方外海游泳的一條老狗，不知為何，總覺得並非事不關己。或許連結游泳的老狗和我自己的晚年，不過是旅行的感傷罷了。然而，發現有東西漂流於清晨空無一人的大海，知道那是正在游泳的狗的頭時（我知道那條狗是我也熟識的老公狗——布朗肖時），我阻止不了自己將獨自旅行的我自己和牠的身影重疊。

「我無法成為父親」這種句子不禁脫口而出。

實際上，我也有過幾年的婚姻生活。我有機會成為父親，但是當時，我想都沒有想過自己會成為父親。如今，離婚幾年了，在南法的旅途中，想起「我無法成為父親」這種句子，簡直像是想起十年前的玩笑話，忍不住發噱，可說是一件愚蠢的事。

父親和旅行。必須針對這兩個詞思考一下。

父親是反覆、歷史。波赫士寫道：「父親和鏡子使其宇宙繁殖、擴散，因此令人厭惡。」但實際上，若從認爲「可見的事物皆爲幻影或謬誤」這種詩人的精神性認知的角度來看，令人厭惡的父親應該是在比喻歷史具有的產能。

另一方面，旅行是一次性、地理。它只是經過而已，不會產生任何事物。

我經常認爲：「男人的旅行是從父親身邊逃跑。」「從父親身邊逃跑」的意思不是從身爲另一個個體的父親身邊離開，而是從自己的父性逃離。

儘管如此，我爲何會在旅途中，嘴裡冒出「我無法成爲父親」這種句子呢？

我不由得有一種預感，這趟旅行接近尾聲了。

我心中有位父親　在深夜歸來　電視裡的無人機

III 我這個謎

啟示錄中的西班牙——羅卡

賈西亞・羅卡是死了兩次的詩人。

第一次是死於他自己的詩中，而第二次則是在西班牙的內亂，被法國軍處死。我生於他死去的一九三六年，不知從何時起，被吸引進入他創造出的死亡世界，從他開啓的露台的門，被引誘前往每天夜裡都能聽見潺潺水聲的格拉納達市區。

縱然我死了
也要替我開啓露台的門

羅卡如此寫道。

他即使死了，也想「待在露台」，看著「孩子吃柳橙」。生與死之間，頂多只隔了一扇露台的門，這是羅卡的生死觀，而且令人無法置信的是，羅卡認爲「生與死並非對立關係，只是地點不同而已」。

因此，死神進出居酒屋，或者死去的女孩一面在水上漂流而去，一面歌唱，成爲他的故鄉情景。

人們閉門不出
免遭繁星砸中
夜幕崩落
其中有名女孩
將鮮紅玫瑰藏於髮中
死了

我和勒・克萊喬兩人在西班牙旅行的某一個月夜，我們聊著支那的孝女白琴的話題。克萊喬說，收集死亡眞是一門好生意。

我說起小時候作過的一個夢。夢境中，我因爲賣掉了自己的死，已經無法死亡而徘徊街頭。在黑馬和凶惡的男人們穿梭的格拉納達市區，死亡如同季節一樣，

「來了又去，去了又來」，即使試著政治化地掌握它，也無法觸及本質。

山口昌男寫道：「『西班牙的巴洛克世界是以基於死亡，顯現生命最精彩瞬間的激情與昂揚爲目標』，而羅卡的死完美傳承了這種精神。」格拉納達的月夜裡，我神情恍惚地坐在酒館，清楚瞭解到死亡不是爲了生命的激情而存在的墊腳石，死與生處於相同的高度，所有人時而依形勢全都死亡，或者全都復活。

月亮死了，死了
不過
會於春季復活

我對勒・克萊喬說：「我不認爲生命結束之後，死亡才展開。我認爲死亡不過是活人創造的虛構罷了，所以生命結束，死亡也結束了。」

勒・克萊喬說：儘管如此，死亡是否附屬於生命，被活著的人操縱呢？

確實，身在西班牙，我清楚明白到「死亡會在一天之中，來來去去」。那不是在暗喻法國暴政，而是類似更加鮮明的土地記憶。

每當我在羅卡的文學中，活生生地接觸到死亡的人物，就會忍不住想起總是如同影子一樣，在格拉納達的路上經過的黑馬，以及彈吉他的凶惡男人們。

在《血婚》這齣戲劇中，剛舉辦完幸福婚禮的新娘被死神引誘，在月夜之森暗通款曲。新郎和死神搏鬥而死，留下新娘孤零零一個人。成為寡婦的新娘死於日常的現實原則中，而死去的新郎則活在「燈心草沙沙作響的呢喃歌聲中」。

說不定兩人表面上，純就表面上來看，看起來像是在一起生活。

我置身於羅卡詩中的西班牙，以及觀光旅行導覽地圖中的西班牙之間，不由得心想，這世上沒有生與死，而是有死和另一種死。我心想，死亡說不定潛藏於所有言語之中。

因為除非說出口，否則「它就沒死」。

父親不在身邊——波赫士

一名老人蹲坐在家門口，訴說好幾十年前發生的事件，那一瞬間，那件事實際發生在家裡。

這是波赫士的〈門口的男人〉的梗概。

猶如流水磨石，好幾世代的人琢磨格言，經過漫長的歲月磨鍊而磨損的老人的時間，以及簡直像是短跑選手一樣，奔馳而去的「我」的時間，波赫士位於這兩者在圓環上產生交集處。

對於波赫士而言，「世界不過是記憶的圓環」，因此「所有新奇的事物不過都是被人遺忘的事物」（法蘭西斯・培根）。

老前衛作家——波赫士是布宜諾斯艾利斯人，生於一八九九年八月二十四日，七歲寫《希臘神話概要》，二十三歲公開出版詩集《布宜諾斯艾利斯的激情》。

然而，波赫士是在他年逾五十之後，才被評爲本世紀最重要的作家之一。波赫士在直徑三公分的小球體，發現整個宇宙的縮影「阿萊夫」，同時輕易地解讀了名爲世界的人面獅身像。

閱讀波赫士的小說，我意識到我們的生命的圓環構造，以及其內含的無限性。

我們一旦「不死不滅」，就被賦予了在迷宮徘徊的命運。舉例來說，在〈兩位國王和兩個迷宮〉這個短篇中，波赫士寫了下列的故事。

有一次，巴比倫尼亞的國王召集建築師和魔術師，命令他們打造「聰明的男人絕對不會想要進入其中，錯綜複雜的」迷宮。

接著，他引誘客人——阿拉伯的國王入內。阿拉伯的國王狼狽不堪，感到屈辱，借助神明的力量，好不容易才脫困。於是，他一回到自己的國家，動員所有軍隊，攻陷巴比倫尼亞，逮捕了巴比倫尼亞的國王。

然後，他對巴比倫尼亞的國王說「我帶你去我的迷宮吧」，將巴比倫尼亞的國王綁在跑得快的駱駝背上，趕進沙漠。

名爲「沒有該爬的階梯、必須推開的門、永無止境的迴廊，也沒有阻擋去路的牆壁」的沙漠，正是全知全能的神明打造的迷宮。波赫士訴說「對於希臘人而言，迷宮是指直線」，那是他筆下鮮活的復仇故事。

波赫士有幾個象徵性的意象（譬如「鏡子」「老虎」「圖書館」等），其中，令我深感興趣的是關於「父親」的意象。

父親和映照出世界，使其增生的鏡子同義，「使宇宙繁殖、擴散」，因此不死不滅。

雨果．聖地牙哥身爲波赫士的祕書，也是我的友人，在他拍攝的電影《Les Autres》（根據波赫士的劇本所改編）中，主角——一名父親到處尋找人間蒸發的兒子。

父子原本在塞納河畔，經營一家小書店，但是兒子（簡直像是書架上的一本書消失似地）不見了。父親瞭解到兒子大概「和圖書館的所有男人一樣，出門旅行了」。

但是，對於認爲父子經營的書店是整個宇宙的父親而言，出門旅行的兒子成爲被人遺忘的人。天文台、戴著老虎面具的女人、來路不明的魔術師交雜，超現實主義的影像將父親和兒子引誘進入迷宮，他們逐漸變成同一個人格。

在這部幾乎沒有劇情的電影中，父親發現無論打開哪一扇門、出遠門去哪裡，都沒有走出自己經營的書店一步。然後，父親從兒子的朋友們口中得知，兒子想拍一部電影這個事實。

兒子（馬修）的朋友說：

「你問我他想拍的電影主題嗎？主題是『死亡』。」

老波赫士已經年逾八十，雙眼失明，是個不死之人。

但是，視網膜終究只會看見事物的表面，因此失明之後，或許可說是擁有更深入洞察事物的心眼。年邁失明的一名父親——波赫士心如明鏡，感覺像是伊底帕斯再世。

伊底帕斯是個弒父、和母親上床的男人，戳瞎自己的雙眼。而在反伊底帕斯的時代，老波赫士仍舊在門口持續預言現代，將伊底帕斯強奪父親寶座一事，當作「好幾十年前發生的事件」訴說。二十世紀是建立於一名父親不在身邊而充斥的「缺憾」所形成的和諧之上。

而人們「持續尋找不在身邊的父親」，反覆無謂的互相殘殺。

豪爾赫・路易斯・波赫士是一名失明的老人，訴說父親的不朽，但是自己最終無法成爲父親，倘若你單純地認爲他是一般的傳奇性說書人，你應該不是個好讀者。

我們應該知道，〈門口的男人〉訴說的安蒂岡妮的悲劇，正如實地在家裡上演。

鏡子——達利

蒼蠅咬人時，除了皮膚之外，還會咬傷內部。有時候甚至會鑽進皺紋裡。

（達利〈蒼蠅禮讚〉）

我從小就討厭鏡子。

因爲不知爲何，照鏡子會伴隨「溺死」這種印象。因此，我在考克多的《奧菲斯》中，看到尚・瑪萊斯飾演的奧菲斯進入鏡中的場景時，心想：「噢，他會溺死。」

而果不其然，奧菲斯被吸入死亡內含的無限性中，活在他的死亡中。

人一旦被鏡子的引力（我不知道是否有這種東西）吸引，立刻就會暴露自己的雙重性。因爲自己的遺容平常緊貼在鏡子背面，會因鏡子的磁力而被透視，顯露於外。

因此，人爲了奪回它，收回自己的臉部背面，會進入鏡中。勒．克萊喬說「鏡子有一股敵對的懾人心魄魔力」，鏡子的惡意是完全深不見底的。

人爲了取回自己的遺容而進入鏡中，不知不覺間，被關閉於那個陰暗的洞窟。那看在鏡子外面的人們眼中，是「溺死」，但是對於被吸入的當事人而言，只是「作一場美夢之旅」。

想要針對達利書寫時，我最先想到的是，我在國中暑假的某個悶熱夜晚作的夢。

夢境中，螞蟻不斷地從盯著鏡子的我眼睛爬出來。我感到害怕，摸一摸自己的臉，但是臉上沒有半隻螞蟻。螞蟻是只侵犯「鏡中的我的臉」，亦即我的「倒影」的夢魘。

後來，我在達利和布紐爾一起拍攝、「自動記述的」電影《安達魯之犬》中，看見從手掌爬出來的螞蟻的影像，大吃一驚。根據布紐爾的筆記本，這個橋段是源自於達利作的夢。它在劇本中如下：

女人靠近，看著男人右手手掌中的東西。

手掌的特寫。

從黑洞爬出來的一群螞蟻，在掌心蠕動。

沒有半隻螞蟻掉下去。

因此，我忍不住針對表皮和內核透過掌心的黑洞貫通思考。那和雷蒙德・伯納德主張地球只有表面，內部是空的這種「地球空洞說」相反。達利的世界充滿對事物表面的猜疑。

他的好奇心始於一個勁地掀開表皮。舉例來說，如果看〈拎起大海皮膚的海力克斯希望試圖喚醒愛情的維納斯稍候〉這個作品，有一對男女簡直像是在掀開一片塑膠或什麼似地，掀開海水。

男女全裸，但是不知爲何，沒有臉部（我也不太清楚那是達利刮掉了臉部的表面，或者刻意避開對於臉部這個「只有表皮的部位」的興趣）。

總之，掀開大海皮膚的是男人，女人試圖喚醒沉睡在其皮膚內側的一名少年。不知是女人試圖喚醒沉睡的少年，因此男人連忙「掀開大海的皮膚」，抑或男人掀開了大海的皮膚，因此皮膚和肉之間明顯地產生空隙，女人意識到一名少年沉睡在那裡，乃是這幅畫的一個謎。

達利將無臉的男人命名為海力克斯，將無臉的女人命名為維納斯。而沉睡的少年則是愛情。為何「愛情」不是少女，而是少年呢？關於這一點，必須追溯其語源（在法語中，L'Amour是陽性名詞，但在詩中，往往被當成陰性名詞，其詞性依使用者而改變）。

話說，我並非對於海力克斯和維納斯的愛情攻防感興趣，所以在此並不想論及海力克斯為何「希望維納斯稍候」，但是海力克斯拎起的「大海皮膚」強烈吸引我。

達利也描繪了其他「拉起大海皮膚」的畫作。舉例來說，在〈我是一名為了看睡在水底下的狗，小心翼翼地拉起大海皮膚的少女〉中，十歲左右的全裸少女（果然像是掀開透明的地毯一樣），掀開了海水。而一隻不死之狗舒服地睡在它底下。

對於達利而言，水面八成像是鏡面一樣，會引起他對水面底下的興趣。想要掀開它的動機或許幾乎就和「想要扯下鏡子，一探究竟」這種衝動一模一樣。

而如同其他人「扯下鏡子」，仔細端詳其背面一樣，達利針對水的表面，亦即

「大海皮膚」，也反覆做同一件事。

若是一言以蔽之，達利的美術的共通之處在於「對表面的懷疑」。這和他留著翹鬍子的溶膠質臉（亦即他的表面），只是一層皮膚，有異曲同工之妙。

如同超現實主義的洛特雷阿蒙說「爲了看見，必須用刮鬍刀割開兩邊眼皮」，達利也試圖扯下視網膜上的現實，看清、畫下它的實情。「鏡子有一股敵對的魔力」應該也可說是和「不單單只是映照出事物的表皮」這種鏡子的本質密不可分。

達利主張，除非先「扯下表皮」，否則就不會展開「看見」這種行爲。我在巴塞隆納的飯店大廳，和達利見面時，聊到女人的臉，他說：

「總之，臉不過只是一張圖片罷了。尤其是日本女人的臉，是一張列印的圖片。」

「列印」這兩個字的語感，從劃一這種意思延伸至複製，或者表情停格這種意思。我瞭解到他似乎想說「日本人的臉看起來都一樣」。忽然間，我想起了他的〈梅・蕙絲的肖像〉這一幅畫。

那儼然是一名女演員被扯下表面（皮膚），裸露實情的肖像畫。

舉例來說，她的兩隻眼睛是有畫框的畫。那不是作爲「用來欣賞風景的窗戶」，只是作爲用來被人欣賞的風景畫，安裝在臉上的「裝飾」。臉部擺在西洋棋棋盤上，達利將好萊塢電影產業的資本邏輯，比擬爲西洋棋，這也可以解讀成一種諷刺。鼻子直接變成暖爐，它上面放著擺鐘。

達利將鼻梁比擬爲煙囪，大概是要調侃一下她趾高氣揚。烘托出整張臉的房間亮度，感覺宛如上午十點。這幅畫創作於一九三四年左右，〈能夠作爲公寓使用的梅・蕙絲的臉〉尚且充滿陽光。但在達利的觀察之下，如果「掀開一張表皮」，大牌女演員——梅・蕙絲的臉也不過只是一間觀賞用的接待室。達利於一九七四年（也就是前作的四十年後），將同一張臉重新創作爲立體作品。

當時，正是梅・蕙絲在好萊塢重獲新生，再度翻紅的時候。達利和奧斯卡・托斯卡茲合作，再次「掀開」那位年邁女演員的「臉部表皮」。於是，四十年前的晨曦已經從那裡消失，像是黃昏房間一樣的陰影覆蓋整體。就「能夠作爲公寓使用」這一點而言，和前作一樣，但是任誰都會猶豫要不要一腳踏進那個寒冷的內部。

若以一句話形容達利的美術世界，是否「表面持續被內部侵犯」呢？手掌表面被不斷地從手掌內部的黑暗中爬出來的螞蟻侵犯，《安達魯之犬》的意象是持續糾纏達利半輩子的惡夢。沒有任何一個表面值得信賴。

達利寫道：

我平常習慣反過來看報紙。不是在閱讀報導，而是在注視、觀賞。

將咖啡潑在襯衫的表面。像我這種不是天才的人，亦即其他人的第一個反應是，主動擦拭它。然而，我的作爲正好相反。

我從年幼時期起，就已經會算準女傭和父母無法掌控現場的瞬間，將加入大量砂糖和牛奶的喝剩咖啡，黏糊糊地塗在自己的肌膚表面和襯衫之間。

早上六點醒來，我的第一個動作是用舌尖舔一舔嘴唇的裂痕。

我在《天才的日記》中，不斷發現這種記述。達利享受一覺醒來，用舌尖舔半夜因爲自己的夢而咬傷的嘴唇裂痕這種行爲。那簡直可說是享樂主義者——達利的後戲，透過味覺盡情感受被內部侵犯的表面。

達利在巴塞隆納的飯店送我搭電梯時，說日本產的電視故障了，問我能不能介紹好的維修人員給他。

我大吃一驚，問：「你會看電視嗎？」

達利笑道：「沒有比那更棒的表面了。」

我想要瞧一瞧被達利的白日夢侵犯的電視畫面。被達利的內心侵犯的電視節目，譬如談話節目《太太，現在八點半》，會變成怎樣呢？

「我應該是不再一味地從內心傾聽自己的聲音之後，
才開始從外部傾聽自己的心聲。
我想要將其總稱，命名爲作品。」（達利寫於一九五三年）

聖鼠的熵——湯瑪斯·品瓊

位於百老匯大道和三十四街交叉處的梅西百貨（美國的代表性百貨公司），以一隻五十美分的價格，賣出了小鱷魚。

因此，全紐約的孩子們都購買一隻小鱷魚作爲寵物，養小鱷魚頓時蔚爲風潮。但不久之後，孩子們就玩膩了，不知如何處理，「牠們大多被沖進了馬桶」。

被沖進馬桶的小鱷魚成長、繁殖，吃掉老鼠，吃光糞便，在整個城市的下水道爬來爬去。

下水道陰暗，因此鱷魚大多眼盲。因爲不見天日，所以不是白化，就是摻雜白色和像是海草一樣的黑色的斑紋。

整個紐約的地底下，無法估計有幾萬隻，但是政府公布，其中幾成變成了食人鱷魚。

讀者不禁深思：在湯瑪斯・品瓊的《V.》中所描述的這種鱷魚，究竟是在比喻什麼呢？

他們既像是大資本的商業主義的犧牲品，又像是越共游擊隊的幻影，也像是被稱爲地下（反主流）文化的活動人士。而且還會令人聯想到包厘街一帶的流浪漢。

但是，品瓊並非透過這種單純的寓意，描寫鱷魚。對他而言，不斷繁殖的鱷魚是現代的瘋狂具體化，而自願「狩獵」牠的人們，將牠視爲更怪誕的事物。

魯蛇——普羅費恩報名紐約市當局召募的「以步槍撲滅鱷魚的義工」，挑戰孤立無援（因爲幾乎沒有其他報名者）的戰鬥。

普羅費恩是《V.》中的一名重要主角，但和「所有事物」不對盤。

舉例來說，他的生活是這樣的。

「好不容易在家庭莊這個鬧區的廉價旅館找到床位，到郊區的書報攤買了份報紙，那一天深夜在路燈底下，瀏覽徵人廣告欄。

「沒有特別需要他的雇主，是一如往常的事。」

普羅費恩是一個感覺虛胖、像是變形蟲的男人，頭髮剪得像狗啃的，像豬一樣的小眼睛中間的距離太寬。他是道路施工人員，但是連工作所需的工具都無法妥善操作的魯蛇。

「有一天早上，他早早醒來就睡不著，所以心血來潮地想要搭乘地下鐵，像溜溜球一樣往返。搭乘四十二街線，在時代廣場站和中央車站之間往返。如此一想，他衝進浴室，但是在途中被兩塊地墊絆倒。不但被刮鬍刀刮傷下巴，想要取下刀刃又失手，連手指也受傷了。

「他想要打開蓮蓬頭沖掉血，開關太緊而轉不動。轉了幾下之後，發現終於轉動了，但那是亂噴熱水或冷水的爛貨，他一會兒大叫：『好燙好燙！』一會兒大叫：『好冷好冷！』跳來跳去，踩到肥皂摔倒，脖子險些骨折。」

「魯蛇」普羅費恩會將襯衫穿反，拉起褲子的拉鍊也要花十分鐘，可說是典型的反英雄。

普羅費恩在紐約下水道內徑四十八公分的下水管內，追趕黑白斑紋、醜陋不堪、懶得要命的鱷魚（大概是厭倦活著）那一段，像是好萊塢的打鬧喜劇一樣滑稽，但是有點可悲。二人組令人聯想到拿著步槍的勞萊和拿著手電筒的哈維，尋找鱷魚，連膝蓋都浸泡在泥濘之中前進。

安傑爾恰似拿著手電筒的哈維，一直喝著葡萄酒，所以幾乎變得精神恍惚，手電筒的光線也晃來晃去，不斷亂照下水管的四面八方。儘管如此，仍然不時照出鱷魚。

於是，鱷魚回過頭來，露出像是害羞又像是在引誘的動作。有點悲哀。

地面上肯定在下雨。「像是在閒聊一樣的孱弱水聲，不曾間斷地從他們背後，剛才經過的下水道取水口處傳來。前方一片漆黑。」

「魯蛇」普羅費恩和在下水道被逼得窮途末路的老鱷魚之間的「死鬥」，直接令人聯想到美國英雄——亞哈船長和白鯨（莫比・迪克）之間的「死鬥」。

而品瓊描寫的是，因爲紐約文明這個巨大之死，而被推進下水道的亞哈船長和白鯨之間的對決熵化。從前的英雄——單腳的亞哈船長，在現代只可能是像溜溜球一樣搭乘地下鐵往返的普羅費恩。

他們的敘事詩充其量只可能是一齣在下水道的泥水中上演的鬧劇。

烈焰吐紅舌　昨夜祝融歡聲笑　今日剩廢墟

如同三鬼的這首俳句，「昨晚的火災」和「今天的死亡」在一瞬間更換。確實，「前方一片漆黑」，無法在那裡壁畫感傷的願景。

品瓊寫到，隨著熵增加，「去分化」（de-differentiation）展開。

而實際上，在《V.》中除了普羅費恩之外，還會出現另一名主角——史坦索。史坦索的字義是「油印蠟紙等鏤字板」，如果不在上頭寫點什麼，它不過是空無。雖是空無，但特色在於「經由筆者揮灑，能夠千變萬化」這一點。

哈佛・史坦索稱呼自己爲「他」，而不是「我」。他也從不同於普羅費恩的其他角度，持續尋找V.這個神祕女子。在既有的小說寫法中會看到的人稱問題，亦即我＝主角這種模式，被品瓊輕易地跨越，無限的熵現象在其中氾濫。「故事」中斷，被改編。主角屢屢換人。

舉例來說，向老鼠傳教的神父——費爾林認爲，在紐約滅絕之後，老鼠會取代人類，「爲了替美國著想」，想要讓老鼠改變信仰，加入羅馬天主教會。於是，他住在下水道蓄水池，焚燒漂流木，生起小火，以「烤全鼠」爲主食，爲了和老鼠溝通想法而努力不懈。

老鼠——伊格納修斯反駁神父，巴塞爾姆和德蕾莎也贊同。

神父和老鼠針對馬克思共產主義辯論，尤其是普及於老鼠們的馬克思主義傾向，令神父想起人類社會的貧困，老鼠肉變得越來越難吃的過程，令人捧腹大笑。

然而，無論是稱自己爲「他」的史坦索、四處逃竄的白子鱷魚、像溜溜球一樣搭乘地下鐵往返的普羅費恩、馬克思主義的老鼠，在這部小說中，都不是主角。

一切不過是圍繞著V.這個不存在的神祕女子，在周邊大呼小叫而已。

《V.》的日文譯者——伊藤貞基在解說中寫道，「熵」是一種用於熱力學和資訊理論的概念。亦即熱力學中所謂的熵是指，在封閉的體系內，熱能會從溫度較高的物體流向溫度較低的物體，漸趨平均的現象，而在資訊理論中，經過整理的資訊秩序，因資訊量增加而「滿溢」，混沌不清，變得什麼也傳達不了的現象。

史坦索自稱「他」，而不是「我」，不久之後，變成「大家」「一般人」，逐漸稀釋的過程蘊含著極爲重要的問題。

因爲在那個過程中，史坦索已經不是身爲個體存在，而是漸漸地身爲「和他人之間去分化」的人，內顯於外。像溜溜球一樣搭乘地下鐵往返的普羅費恩也是一樣。他也沒有堅守個體的內心，逐漸被編入熵現象之中。這一點不只是品瓊喜愛的主題，亦可說是指派給所有現代文學的問題。

在《V.》中，角色們持續尋找不存在的女主角V.。但是，V.是母親、妻子、情婦，而在熵現象中，是複數人格。

坦索一直以爲V.是母親，然而，維羅妮卡的V.；維多麗亞的V.；擁有假牙、玻璃義眼、象牙梳子、藍寶石肚臍的人造女V.；聖鼠V.；處女的V.；勝利的V.；陰道的V.，V.永無止境地成爲混沌的原因。

我=個體內心的神話，遭到品瓊否定。無論喜歡與否，那就是現代。熵的宇宙觀、解謎、失去的浪漫與其中斷、幻想與怪誕所象徵的日常現實描寫，道出品瓊是今天最偉大的科幻小說作家。

持續閱讀的過程中，一股笑意湧上心頭，令我想哭。因爲對於鬱鬱寡歡的黑色幽默詩人——湯瑪斯．品瓊而言，特質是死的寓意。

我從往返於死亡與死亡之間，像溜溜球一樣搭乘地下鐵往返的普羅費恩的滑稽之中，發現自己，忍不住感到背脊發涼。

沒錯，「他」正是「我」。

洛可不停地敲門——維斯康堤

「我很早熟。總是眺望著住在一樓的牙醫。「有一天，他對我使眼色……然後，我開始在夜裡獨自去他家。生活改善了。起碼能夠兩人睡在一張床上。」

娜迪雅如此訴說當她是十三歲少女時的回憶。相較於一家人住在家徒四壁的公寓，疊在一起睡覺的生活，能夠兩人睡在一張床上，應該像是在作夢。

但是，牙醫的故事是騙人的。對於娜迪雅而言，她只是想要一個用來成爲妓女的「合理藉口」。從住處像是「豬窩」一樣，一家人擠在小床上的生活，不會產生夢想。娜迪雅想要將所有人從那裡趕出去。

但是，結果相反。

「我喜歡一個人睡。所以，我被趕出了家。」

娜迪雅一直說她想要一個人睡，但是無法忍受孤獨，總是拉著男人上床。飾演娜迪雅的是安妮・姬拉鐸。

她在《洛可兄弟》中，戲分並不怎麼重要。然而，看完電影之後，一直在我的腦海中揮之不去。

對於《洛可兄弟》，有兩種看法。一種是住在義大利南部盧卡尼亞地區的貧寒鄉村的一家人，舉家離鄉背井，移居米蘭，試圖在米蘭建立「家園」，但是因爲家人之間的情感糾葛而分崩離析，「夢想」在沒有實現的情況下瓦解，以悲劇收場。

母親——羅莎莉雅是夢想家庭的核心人物，象徵義大利南部色彩強烈的舊制度。若將她比擬爲主角，洛可（亞蘭・德倫）和西蒙內兩兄弟則是用來補足一家的欠缺部分，亦即缺少的父性，扮演丑角，互相殘殺。

其中，以活生生的現實主義，描述現代義大利社會的現實，道出「家」的不可能性。但是，盧契諾・維斯康堤並不像羅伯托・羅塞里尼或維多里奧・狄西嘉，繼承了義大利的現實主義。從他們的作品系列也明顯看得出來，他們試圖實現時代錯置、猶如神話的現實主義。

另一種看法是以洛可爲主角。

洛可是老三，設法替母親實現夢想的孝子。他原諒在自己眼前強暴自己情人的二哥——西蒙內，而且替他償還債務，爲了「家」成爲職業拳擊手，投身於站上擂台毆打並不憎恨的對手，藉此賺錢的生活。

他聚集家人，預言道：

「總有一天……在還很遙遠的將來，我想要回故鄉……假如我不行的話……我們兄弟中的其中一個，能夠回去……魯卡，大概是你。」

「我想要和你一起回去。」

「魯卡，你要記得。我們的國家是……橄欖之國、慕月之國、彩虹之國。你記得文曦嗎？水泥工在蓋房子的時候，要對第一個經過的人的影子丟石頭。」

「爲什麼？」

「那是用來鞏固房子地基的活祭品。」

經由洛可的努力，全家人一度快要恢復團結一心，但是因爲二哥——西蒙內殺人，結果一切化爲烏有。維斯康堤好像在說，善良、替母親著想的洛可，在現代已經像是《白痴》的梅什金一樣，是個丑角。

無論是哪一種看法，維斯康堤的目光或許更熾熱地投射在無惡不作的二哥——西蒙內身上。被「家」，亦即回憶的秩序所控制的共同夢想，以及夢想的破滅。而最後一幕，洛可低喃道：「一切都結束了。」

我從中發現現代聖經的不可能性，感受到維斯康堤的主題規模。那是我永生難忘的一幕。

維斯康堤從米蘭出身的作家——喬瓦尼・泰斯托里的小說《吉索法橋》，發現了這部電影的本質性影響。母親與「家」的復權故事，以及移民問題、湯瑪斯・曼提出的兄弟內心糾葛、籠罩在聖經及杜斯妥也夫斯基的陰影下的人物們。他們經由維斯康堤，鮮活了起來，並且遭到拋棄。

對於撰寫〈勸離家〉的我而言，沒有比這更悲痛，逼人回「家」的作品了。

《洛可兄弟》是維斯康堤自己「最愛的作品」，而對於編纂電影史的人而言，也是不能漏寫的傑作。

「維斯康堤，你相信神明嗎？」

「比起神明，我更相信人生、人，以及人做的事。我還沒有輸，但是人生和我之間，存在永無止境的鬥爭。人生大概差不多想讓我死了。但是，我一面說『死期未至』，一面奮戰。」

「你是否曾經覺得自己欠缺什麼呢？」

「有啊。我覺得自己欠缺愛情。當然，我也愛過人、被人愛過。但殘酷的是，渴求不已的愛情卻遍尋不著。」

（於拍攝《無辜者》時的布景，進行《CINE REVUE》雜誌的採訪）

一九〇六年十一月二日，盧契諾・維斯康堤生於米蘭的富裕貴族世家。

一九三五年十二月十日，我生於青森的貧窮低層官員之家。我和維斯康堤之間毫無共通之處，但是我一直莫名覺得洛可像是我們共有的「兒子」。

而我說不定是從《家族的肖像》的教授腦海中經過的一群「年輕人」中的人之一，也說不定是持續構思《洛可兄弟》續集的電影人之一。

圓環狀的死路——費里尼

若要我舉出最令我受到衝擊的作品，我應該會毫不猶豫地回答洛特雷阿蒙的文學作品《馬爾多羅之歌》、費里尼的電影作品《八又二分之一》。

我在二十多歲遇見《馬爾多羅之歌》和《八又二分之一》，成爲我的創作活動的決定性關鍵時刻。

這兩部作品都在處理作者本身的「記憶」。但是，記憶未必是在作者的過去「實際發生過的事」。

舉例來說，《八又二分之一》的主角——基多，是費里尼本身，同時也是陌生人。費里尼利用基多的記憶，也就是借助過去的力量，試圖保護自己，不受現在侵擾。但是在此同時，透過強化「現在」，試圖保護自己，不受基多的記憶（也就是過去）侵擾。

在此圓環狀的死路中，誕生許多幻想。

無論是派對上，記者們的「電影論」、餘興節目的通靈術、少年時期的咒語「ASA、NISI、MASA」、乞丐妓女——莎拉吉娜，都沒有成爲將費里尼從死路拯救出來的力量。費里尼在家庭、工作場所，以及調情偷歡的床上，徹底地逼問基多這個分身。

他最難解的問題，只是「我是誰？」這個單純的問題，但是基多無法回答。這八成可說是電影史上首見，角色與作者之間的激烈交鋒。

最後一幕是少年時期的基多和魔術師在指揮，讓現在的費里尼跳舞的場景，嘉年華會的宣傳樂隊演奏震耳欲聾的悲傷音樂。

資本主義社會可說是一個大型的馬戲團。

人們出門去看表演者從鋼索上掉下來。但是，隱藏心中的眞正意圖，唯獨口頭上異常溫柔地呼喊：

「大家手牽手！好，出發！」

我這個謎——魯塞爾

這一陣子，我養了兩隻烏龜。

一隻名爲問題，另一隻名爲答案。問題是，問題遠比答案大隻，上門拜訪的朋友們問：「爲什麼問題比答案大隻？」

因此，我回答：「因爲問題一定隱藏著答案，所以看起來相對比較大而已。」

我在聖米歇爾山小巷常去的一家二手書店，發現過期的《BIZARRE》雜誌——雷蒙·魯塞爾特輯號時，一開始令我感興趣的是，一張機械的圖式。

那台像是手動幻燈片投影機的機械，其實名爲「閱讀雷蒙·魯塞爾作品的機械」，是由阿根廷的胡安·埃斯特萬·法齊歐所發明。魯塞爾說他於一九三三年撰寫《新非洲印象》時，與其分類〈〉，《》和《《〈〉》》到這種地步，他想要以各種色彩列印這部充滿插入句和括號的小說。法齊歐予以實現，以不同顏色區別插入場景，而且爲了避免重讀、翻回去的麻煩，按照場景製作附錄裝訂，下了一番巧思，讓讀者能夠以手搖把手閱讀。

說到這個，在思考像這樣分解、明快地重組魯塞爾的小說，是否最適合「閱讀魯塞爾作品」之前，應該必須提一下他的「插入癖」的實情。因爲那不單單只是魯塞爾的文體的問題，也是關於形成想法之謎。

一開始，讓我們想起魯塞爾初期的短篇《彈指》。這是一部描寫城郊的林蔭大道戲劇的短篇。戲劇不是初次演出，而是再次演出。

而這齣戲劇的觀眾，是一名撰寫用來在舞台上朗讀的詩的男人。但是，飾演朗讀這種詩的演員病倒，改由替代演員飾演他的角色。劇名是《紅色腳後跟的盜賊》，而替代演員朗讀的敘事詩始於「身穿任何劍都無法貫穿的紅色披風的怪人冗長的當年勇」。

這個身穿紅色披風的怪人，其實迷戀一名美女。因此，變成她情人的「冒牌貨」，溜進她家。但是，她以魔術之鏡（透過再度映照分身，剝下假面具的鏡子），看穿怪人的眞面目，奪走有魔力的紅色披風，縫上一樣顏色，到處都被蟲蛀的破內裡。這時，眞正的情人帶著劍跳進來，怪人被「自己假扮角色的本尊」一劍刺死。

話說，被殺死的怪人是假扮情人替身的男人——「原本應該飾演假扮情人替身的男人的演員」的替代演員。而他本身在戲劇中，（代替作者）說出作者的話，肩負這種演員「替代」性的宿命，「代替作者演出原本應該飾演假扮情人替身的演員的替代演員」，而且這齣戲劇本身是重現初次演出的「再次演出」。

這顯示出魯塞爾的文體因插入句和括號層層堆疊，和他想要書寫的主題的重層性必然會結合。此外，若連魔術之鏡——被映照其中的分身等事物，也一一仔細玩味，就會發現魯塞爾的整個作品，全部都是由替代品、仿造品、贗品所構成。傅柯向世人解開謎題，魯塞爾的這種敘述法，尤其是將用於魯塞爾的作品中的反覆，區分爲分身，「反覆是爲了揭發分身的缺陷，公開妨礙它的替代品重現的細微破綻。」

換言之，傅柯的解釋是，若理解爲「替身」不是本尊的分身，而是經由其反覆，深入差異，魯塞爾熱衷於不斷反覆，回歸差異這種圓環狀的遊戲，不知不覺間，透過「替身」讓自己多重化，持續「試圖從反覆的面孔剝開假面具」，變得異常潔癖。

因此，我想起某個小說的這種場景。

榮譽陸軍少將——約翰・A・B・C・史密斯，這個「假裝眞的很優秀的男人」，對於發明機械的時代強烈地感興趣。他開朗地訴說降落傘、鐵路、抓人陷阱、彈簧槍、航行於海上的輪船、定期往返倫敦和廷巴克圖（非洲的都市）的「拿索熱氣球」等。所有人都知道他飾演和基卡普族征戰的事件中的英雄，但是關於他的謎題，所有人都百思不得其解。約翰・A・B・C・史密斯既非「蒙面人」，也不是「月球上的男人」，但大概是「所有人都無法遇見的人」。

若是忽然拜訪，只聞其聲不見其人。不久之後，他抬起軟木的義足。被裝上義手。肩膀和胸部也是石膏狀。頭上被戴上假髮。接著被裝上義齒、被植入義眼、被裝上人工下顎。這個機械文明時代的組裝式人物——約翰・A・B・C・史密斯，其實是愛倫・坡的小說主角，令人沒來由地聯想到魯塞爾的想法。因爲插入句和括號涵蓋了文體、主題，乃至於身體，這即是魯塞爾的作品構造。

他的角色們不是透過理性，接納「死亡」，而是「從一開始就死了」。不只是身穿劍無法貫穿的紅色披風的怪人、《非洲印象》裡那位書寫「關於年邁掠奪者的部族的白人的信」的主角。所有角色都不斷扮演「冒牌貨」的「替身」，一面反覆自我複製化，一面讓自己多重化，藉此不是要遠離「原本的自己」，而是試圖消除「原本的自己」這種個體的概念。

換言之，魯塞爾的衝擊性不是「沒有實體」，而是「不需要實體」的替身反覆的圓環性，透過無限的替身遊戲，一直回到起點，終歸就是毫無進展。如果說「我是你」，就反覆說「你是我」。這個交換的圈子越來越大，發表演奏音樂機械的神奇科學家；讓蚯蚓演奏西塔琴，身穿吉普賽服裝的怪人；讓喜鵲站在肩上，讓機械畫圖，女扮男裝的美女——路易絲；從汽車的聲音到拔出香檳瓶塞的聲音，全部都能用嘴巴模仿的布夏雷薩斯兄弟等，像是傀儡一樣，出現其中。

這種機械裝置的替身們，是用來維持事物存在的媒體，而不是存在本身。米歇爾・傅柯寫到：「他們扮演使其殘存的角色。」也就是說，「保存肖像，保有遺產和王權，和太陽共同保全榮光，記錄告白」。「但是，爲了超越極限，確保這種維持，也必須使其通過起點」（這是替身、冒牌貨的理論，將不讓所有讀者和觀眾從外界進入的封閉空間，直接敞開爲相遇的空間。換言之，「在圍籬內通過起點」證明了魯塞爾的作品的無限性）。

當然，爲了解讀，需要密碼的關鍵字，爲了戴上假面具，需要臉龐。蚯蚓像是其他音樂家一樣，演奏西塔琴，而機械像是常見的畫家一樣作畫。因此，米歇爾・萊里斯指出的「魯塞爾的想像力的產物被精髓化的千篇一律」性，附著於這種反覆的起點。

魯塞爾的令人費解之處，來自於日常現實與隱藏於緩衝物中的人偶語言模糊不清的結合。這種混合性或許可說是經常源自於他的自戀（或者想要誇張地思考自我，同性戀耽溺者特有的自大）。畢竟，小說是以既有的「文體」書寫，而戲劇是透過「演員」，於「劇場的舞台」上演出。其中已經出現了千篇一律的想法原基（primordium），應該是理所當然的。

透過插入句、括號、替身和冒牌貨的反覆，揭發分身的缺陷，爲了「妨礙替代品的重現」，也必須否定「替代品」本身，而魯塞爾應該只想在作品中實現，從自己本身和作品息息相關的問題切割。

而這一點和即使「閱讀魯塞爾作品的機械」被發明，「書寫魯賽爾作品的機械」卻沒有被發明這個事實，應該也有關係。此外，也是和「魯塞爾即使留下『我怎麼寫了那些書』這一句話，爲何卻沒有留下『我怎麼讀了那些書』這一句話」，有密切關連的一個答案。最可恨的是，雷蒙・魯塞爾這個男人的傳記、作品、表演成果終歸是「存在本身，因此作爲用來維持事物存在的媒體，有些太過淺顯」。

唉，這世上能不能有解不開的謎題啊?!

器官移植序說——愛倫・坡

一名教授爲了將「狗的心臟」，移植到勞工的身體，將狗放在實驗台上。

住在莫斯科的四萬隻狗，大多起碼看得懂「香腸」這兩個字。但是，牠們並沒有更高深的知識，因此即使獲得勞工的身體，也只是感到不知所措。

首先，他要求擁有自己的名字。

「那麼，你想要取什麼名字？」

男人調整領帶，答道：

「波利格拉夫・波利格拉佛維奇。」（波利格拉夫在俄語中，是影印機的意思。）

這個「獲得狗的心臟的勞工」，或者「獲得勞工的身體的狗」，是布爾加科夫的小說主角，器官移植成功者。但是，我不贊成「將狗放在實驗台上，製作人，而如果自己不中意，就殺掉自己創造的東西，把這種事情置換成革命」這種說法。當然，若是對照布爾加科夫活著的時代，「將一億五千萬民眾比擬為狗，政治的領導者比擬為教授」，應該不算錯。

「這是布爾加科夫對於無法將『狗的心臟』變成『人的心臟』的革命，以及將狗變成人，再度變回狗的過程中，教授的革命無法進行任何意識變革的強烈諷刺」（水野忠夫），這種看法切中要點。「試圖透過一項科學，變革社會的歷史實驗，具有以歷史性必然之名義，驅逐該為歷史主體的人的傾向」，這可說是和近來美國（加州）透過「精子銀行」的實驗，亦有共通之處。

問題是「該為歷史主體的人」的實情。

姑且不論布爾加科夫的小說主角，是進行實驗的波魯曼特瑞醫師，完全不清楚「波利格拉夫．波利格拉佛維奇」的主體是「獲得狗的心臟的勞工」菲力普．菲力波維奇，還是「獲得勞工的身體的狗」夏立克。波利格拉夫說「我」的時候，其主體究竟在代表誰，極為含糊。

換言之，相對於歷史這個本身毫無目的的事物，作為主體產生關連的不是

「人」，而是「透過關係被創造出的相互幻想」，水野忠夫的分析中，應該欠缺了這種認知。

生於一九三五年的科幻詩人——D.・M.・湯瑪斯，在〈尋求適合的器官提供者〉這首詩中寫到。

引發交通事故而死的我，透過「新的移植」，變成別人的身體（或者透過移植別人的器官而起死回生）。

而我察覺到，那是他本身希望的事。

我看著自己的身體
籠罩在歡喜之中被人搬運而去

我看見了那是猩紅
宛如尚未完全昇起
掛在郊外的一排房屋上的太陽
我生活於那樣的一戶人家

我看見了
妻子接聽電話
我看見了
她說了什麼　從衣架取下不同的大衣

湯瑪斯寫道：「這個偉大的捐贈。」在他的詩中，我徹底經歷卡夫卡的《變形記》的主角經歷，屍體遭到解剖。格里高爾・薩姆沙將自己收回「家人構成的三角形」，徹底堅守「我」這個主體概念，但是這種固化的人性觀應該已經無以為繼。「我」變成了區區的容器？或者一直是「歷史主體」呢？不會蘊含這種原始問題的科幻詩，根本無法擁有現代文學的挑釁能力。

少年時期，我閱讀愛倫・坡的《消耗殆盡的男人》這部短篇，囿於同一個疑問。

那是約翰・A・B・C・史密斯這個「威風凜凜的眞男人」，活躍於布嘎布族和基卡普族之間的戰鬥，但是「沒有實際存在任何地方」這個短篇。

當然，雖然「沒有實際存在」，但是他確實「存在」。

「身高約一百八十公分，外貌突出，氣勢凜人。全人格充滿高貴的氣質。凶猛的長相、烏黑的頭髮、漆黑的落腮鬍，恍若布魯圖斯這種大人物的外貌，以及不知爲何，小得逗趣的聲音，說不上是吱咯聲或吼叫聲。」

但是，他的長腿是軟木製的義足。運用印第安人剝下頭皮的技術製成的假髮。義齒、義眼、人工下顎。一切都是由仿造品所構成。而從房間一隅的奇特小包裏中，滑稽地低聲說話的人，正是約翰・A・B・C・史密斯本身。但是，那個小包裏眞的是約翰・A・B・C・史密斯嗎？

或者約翰・A・B・C・史密斯這個名字「只是一般的容器」呢？八成兩者都是事實，也都不是事實。「尋找自我」在現代，已經差不多和「驗證歷史」一樣，令人感到徒勞。

在充斥著容器，等待即將到來的內涵的時代，究竟主體是在比喻什麼呢？

——這是包含如此寫道的我，也想要重新思考一次的問題。

《獵奇歌》伏筆——夢野久作

黃昏時回首
驚見另外一個我
咧嘴微笑跟過來

夢野久作的《獵奇歌》中，伴隨著笑與戰慄。

那並非透過異化對象而產生的笑。「驚見另外一個我／咧嘴微笑跟過來」，不是久作的分身這種簡單的東西，而是一個完全莫可名狀的不可能性。

即使一再回頭，也跟過來的「我」，是否和在吟詠和歌的久作本身分享同樣的時光，令人不得而知。

說不定是少年時期的久作，也說不定是老後的久作。然而，在此腦海中果然會浮現背對秋季的夕照，回頭的久作，以及長得和他一模一樣，咧嘴微笑的「另一個久作」，這樣才合理。

那麼，這個「另外一個我」爲何在笑呢？

喬治·巴塔耶如此寫道：

「倘若我的生命在笑中滅亡，我的自信應該就會變成無知的自信，最後變成本身的全面性缺陷。」

「任誰都無法堅持笑。維持笑是淪爲遲鈍。笑會變成半吊子，不肯定任何事物，也不制止任何事物。」

「咧嘴微笑跟過來」的另一個夢野久作，大概是透過笑，讓自己處於半吊子的狀態。那與其說是半吊子，或許說是僵住比較準確。然而，將這個「另外一個我」，置換成出現於《暗黑公使》的雌雄同體美少年，則是錯誤。美少年——喬治因他本身的自戀陶醉，內心含笑。

他藉由將笑封閉於源自優越感的豁達心情中，證明了他的不在場證明。但是，除了這首和歌之外，經常能在《獵奇歌》中看到夢野久作的笑，是更爲遲鈍的事物。八成也可說是因爲巴塔耶指出的「無知的自信」，令久作本身僵住了。

當然，久作意識到了這一點。因爲他恐懼「自己是那種人，亦即笑本身」。

舉例來說，像是另外一首和歌：

梨花帶雨的
那位美麗未亡人
待在廁所裡微笑

讓我們思考一下這首和歌中的「微笑」。它的不可思議之處在於，不清楚身爲作者的久作在哪裡。

假如遵從和歌必須如實吟詠親眼所見這個規定，作者必須在哪裡看著「待在廁所裡微笑」的未亡人。

他不是「和未亡人一起進入廁所」，就是「從廁所外面，偷窺未亡人」。然而，若從未亡人「微笑」這個實情來看，難以認爲她和其他男人一起待在廁所裡。

作者看著廁所裡的未亡人假面具底下的眞面目，因此認爲他是「從節眼偷窺女廁的中年男子」，而且「沒有被未亡人察覺」才恰當。

但是，夢野久作的《獵奇歌》未必作爲必須弄清作者位置的「私人文學」撰寫。

將自己的存在作爲禁忌，和撰寫的對象切割，將這件事的不幸作爲對世界的冷笑，予以回敬。

久作本身「看著」廁所裡的未亡人，羞於自己的超然性而隱藏身影。因爲久作知道巴塔耶說過：「一個人的幸運會突顯他人的不幸。」

神明的鼻子
紅腫潰爛
因此不現身

羞於紅腫潰爛的鼻子而隱藏身影的全知「神明」，以及從女廁的節眼從頭偷窺到尾、有臉紅恐懼症的中年男子之間，有多大的差異呢？

起碼連結兩者的僵硬笑容，看起來彷彿證明了無地自容的夢野久作的半吊子狀態。而他的一連串「獵奇歌」是站在那位「紅鼻子神明」的立場所吟詠，作爲中年偷窺男的告白，試圖將我們這些讀者也吞進有些瘋狂的開口，持續笑著「自己的荒唐可笑」。

那麼，讓我們再度回到這首和歌。

梨花帶雨的
那位美麗未亡人
待在廁所裡微笑

這位「美麗未亡人」八成是剛和丈夫死別的人妻。她身穿喪服，在佛前哭得滿臉是淚，集弔唁者的同情於一身。

但是，其內心是……「紅鼻子神明」揭穿了它。她心想「我這下就能夠獲得自由了」「我這下也能和私家司機，肆無忌憚地享受魚水之歡」，暗自竊笑。於是，那表現出了資產階級的人妻欠缺節操，以及東京人的墮落。

中年偷窺男責難「待在廁所裡微笑」的美麗未亡人，同時有些羨慕她而燃起性慾，他的心理令我想起威廉・布雷克的《格言詩集》中的一段詩。

我一直向一名人妻尋求的是，
慾望被滿足的淫蕩表情。

但是，有色無膽的他缺乏足夠的跳躍力，邁向巴塔耶說過的「侵犯諸項禁止條文」「神明的超然性，亦即人無窮無盡的不幸」。因此，受到其反作用力，變得異常謹守倫理分寸。他寫道：「東京的女人很自由。她們會光明正大地對看上眼的異性送秋波；幾乎和男人一樣，濫用批判異性，吃乾抹淨，厭倦了就謝謝再聯絡的權利。走在大街上的姿勢也和從前不一樣，不再稍微弓身。從前是『卑躬屈膝女和趾高氣揚男』，但如今變成了『趾高氣揚女和趾高氣揚男』的時代。不久之後，說不定『趾高氣揚女和卑躬屈膝男』的時代會到來。」

夢野久作感嘆趾高氣揚女的囂張跋扈，將矛頭指向第一次世界大戰這個元凶。「第一次世界大戰產生了各種主義，像是民族性、尊重特色、破除階級和排斥壓迫等。」

這些看起來像是促使「至今遭到束縛、壓迫者獲得解放與自由」，但說穿了，不過是產生世紀末的達達主義、崇拜邪教、尊重變態心理的頹廢傾向，「和全人類的不良傾向有關罷了」。

《腦髓地獄》和《白髮小僧》的作者將達達主義和尊重變態心理，視爲全人類向下沉淪的問題，未免有點奇怪。

我在白天幻想
剛才擦身而過的女人
在我眼前變得渾身是血

腦海中發出某種東西啪嚓斷裂的聲音

咿嘻……

……我發出了笑聲

許多讀者從這種和歌，無法不感到達達主義和變態心理。儘管如此，久作試圖否定這些頹廢傾向，對於自己是夢野久作感到疲憊。既不「幸福」，也非「離經叛道」，光是「保有自我」也做不到。一切終將消失，一如白日夢中的犯罪。

夢野久作認爲，那是「自己和神明都不在世上」所帶來的事物。然而，無論是鼻子紅腫潰爛的神明，或者有臉紅恐懼症、愛偷窺的自己，都無法輕易地在人前現身。因爲羞恥心將他封印於「貼畫」之中。

自己和神明都不在世上——有如此可笑的虛假表象嗎？幻想力從所有壓抑獲得釋放，無限壯大。

她想要撕碎蒲公英

擠出白色乳汁

我瞥了她的手臂一眼

有的白有的紅

陳列碩大的屁股給客人看

沒什麼我在說蔬果店的事

這種色情的妄想，只能稱爲戀態心理（雖然不確定這種東西是否實際存在），是試圖透過恍惚忘我，塡補因笑而產生的空虛。

這些和歌大多不符合短歌的文體，它們會給予用來觸及久作文學內涵的重要提示，自不待言。讓我再次引用巴塔耶的話。

「尼采信奉的原理，在連結笑的同時，也連結恍惚時的認知喪失。」

《獵奇歌》是從一九二八年起爲期十年，發表於《獵奇》《Profile》。

久作應該並非選擇詩歌的形式，創作這一連串的短歌，反而巧妙地活用它們，構成變形的色彩濃烈小說。

成爲模範的是，石川啄木的三行口語短歌，至於其內容，也有不少在向啄木致敬。舉例來說：

照著鏡子
希望比自己優秀者
全都去死

這首和歌令人想起啄木的〈朋友個個看起來比我了不起之日〉這首和歌。

這種時候
殺人飲酒調戲女人的偉人
令人羡慕

懷抱一顆盜賊之心
在氣派的磚造房屋

諸如此類，直接繼承了啄木的文體。

但是，這種和歌不吸引我。因爲絲毫感覺不到久作的風格。不用說，短歌是「私人」文學，總是以第一人稱（即使在和歌中被省略），和作者是同一個人爲前提。因此，對於歌人而言，如何和內在自我產生關連，是一個極爲重要的問題。

然而，內在自我不過是「人文主義的最終神話」（宮川淳），而且如今「人文主義蕩然無存」，短歌的「私人」性失去依據。難怪宮川淳會說，「近代的表現概念式微」「自我表現處於失去最終神話的狀態」。

久作的短歌在過去的短歌史中，沒有任何定位，原因顯然是缺乏該作爲貫穿作品核心的內在自我。

值夜班

透過無遠弗屆的望遠鏡

瞧一瞧

發現蒼蠅停在自己背上

確實，即使想將這種和歌解讀爲作者的寫實紀錄，也做不到（若是掀開自己公寓的榻榻米，開始挖它底下的土，持續不斷地向下挖，就能穿透地球到另一端，這還能理解。但是這種和歌的情況下，毫無任何根據，建立於無厘頭之上）。

而這種無厘頭狀態拋棄一直以來，支撐過去短歌的「私人」性所具有的「內在現實」這種幻想。

對於久作而言，短歌內的「我」皆爲虛構。而「被人訴說的事件」，全部都和個人體驗無關。

那麼，久作身在《獵奇歌》的何處呢？——一般而言，可以說他身在和歌外「哪裡都不是的地方」（換言之，他像是透明人或隱身的神明一樣，不知身在何處的地方）。他沒有「我們」這種想法，也沒有到達無私的迴路。他只是在「窺視」而已。

小警員撿起犯人的帽子
復又棄之離去

春季的傍晚

此時，發生了哪種案件，應該不是重點。

總之，這位小警員懶得因爲撿起犯人的物證，深入追查案件。若是多愁善感的人，說不定會寫「春季令人心情沉鬱的傍晚」。

或者應該也能這樣分析：「春光明媚的傍晚具有一股魔力，令人覺得人世間的犯罪微不足道。」但是，對於久作而言，最後一句「春季的傍晚」不可能具有多麼重要的意義（若是刻意牽強附會，以「春季的傍晚」收尾，也可以解讀成是在惡搞短歌慣用的抒情手法）。畢竟發想類似的和歌中，鮮少會附上這種自然描寫。

兩個不共戴天之仇者在深山裡巧遇
由於別無旁人
因此他們言歸於好

從這種和歌看得出來，久作總是漠不關心地窺視，因此笑著不寒而慄。

確實，久作預見「人文主義的最終神話」滅絕。如同許多歌人一樣，沒有封閉於內在自我，汲汲營營地重新建構「我」，而是像「鼻子紅腫的神明」一樣，隱身從外側守護。話雖如此，並沒有掙脫「我」這個桎梏，完全獲得自由。

「人會發問，而且『我是誰？我是什麼？』這種沒有答案的問題，無法癒合自己心中裂開的傷口。」（巴塔耶）

乍看之下，久作看似免於受其所惑，但是他也經常體認到自己是偶然的產物。

下意識自言自語了一句
心頭一驚
渾身不舒服
卻又說了一句
有個傢伙從藍天一隅
一直睜大眼睛
盯著我的所作所爲

有人窺視著正在偷窺的自己。這個沒完沒了的反覆，讓他處於半吊子的狀態。嘲笑著正在笑的自己的傢伙，究竟是何方神聖？莫非「自己就是那個人，亦即笑本身」?!

香腸裡有一根長頭髮
想了老半天
一口吃掉它

摻雜頭髮的香腸是這世上的某個人拋出的謎題。

雖然想了老半天，但是無法解開。久作認爲「與其參與『隱藏其中的獵奇案件』，不如假裝沒發現，『一口吃掉它』比較好」，「津津有味、狼吞虎嚥」地吃掉了它。

但是，眞的沒有任何人在看嗎？

我看見不該看的事物
另外一個我咧嘴一笑
回頭看著我

隨後附上這首結尾的反歌。

也就是說，自己在意四周，偷偷地「在做不想被別人看見的事情」，卻被另外一個自己看在眼裡。而另外一個自己也「回頭看著」，問題像是迷宮一樣，變得一層又一層地堆疊下去。「沒有答案的問題無法癒合自己心中裂開的傷口。」久作的苦惱這才被揭露。巴塔耶寫到：「對疑問投注心力是孤獨者的工作。答案的明確性和透明性是孤獨者的作爲。」

「然而，他在透明性中、榮耀中，否定身爲孤獨者的自己！」

黑暗中
我和自己互相凝視彼此漆黑的身影
無法動彈

如今也有這種男人──《伊勢物語》

每次閱讀《伊勢物語》的第六十三段，〈九十九髮〉那一段，不知爲何，總是滿腦子母子亂倫的畫面。

「Tsukumo」是九十九的發音，在這一段中，來自於在原業平吟詠的和歌。

百歲缺一歲　白髮九十九
老嫗戀慕我　情深現於容

百歲扣掉一歲，就是九十九，而「百」去掉一，就會變成「白」這個字。

這首和歌的意境約莫是「從白髮老嫗的表情隱約看得出來，她似乎愛慕著我」，若要讓它一首獨立，就會添加「我忽然想起了愛慕親生兒子的母親」這種解釋。

然而，若是套入故事中，立刻就會產生情慾的歌意。這首和歌是俊美青年——業平，故意讓白髮婦女「聽見」或「賣弄」而創作的和歌。

故事中寫到「婦女前往男人家窺視，男人隱約看見」，於是男人開始吟詠，但是在對方不在的地方，突然出聲吟詠一首和歌，未免顯得有些不自然。白髮婦女溜進愛慕的男人家，隔著荊棘、枸橘的籬笆窺視屋內，男人察覺到她的動靜，吟詠道：

老嫗戀慕我　情深現於容

這應該可以解釋成，男人有些告誡地說：「妳到了這把年紀，仍舊愛慕我，是嗎？我早就心知肚明。」倘若婦女也只是「前往男人家窺視」，儼然就會變成「太過想念一夜情的男人而偷溜進來」，如此一來，婦女被他察覺，感覺大可以豁出一切，說：

縱然藏袖中　終究掩不住
顯自蓑蛾身　愛你之心啊

無所顧忌地進屋，依偎在男人懷裡，但是婦女在此沒有那麼做，被男人看穿心思，慌張逃離。令人感到奇怪的，是接下來的部分。業平知道婦女逃離，不由得心想「我像那個婦女一樣，悄悄站著偷看好了」，所以他應該是特地前往婦女家「窺視」。

白髮老嫗嘆息而臥，吟詠道：

單袖鋪寒蓆　不見心上人
今夜復一人　獨自守空閨

從文意難以揣測，這首和歌是爲了吟詠給業平聽或自言自語，但若解讀爲雙方心裡有底的性愛前戲，也就不難理解。雖然透過和歌僞裝，但是第六十三段〈九十九髮〉在《伊勢物語》中，確實顯得相當另類。換言之，總覺得可以說是在隱藏

「互相偷窺」「自慰給對方看，刺激彼此」的行爲，正因如此，透過反覆的演戲，提升彼此的情慾。

話說，關於「白髮婦女」的眞面目，不可能眞的是以年近九十九歲的白髮老嫗爲對象，因此解讀爲「半老徐娘」，應該比較恰當。

她在文中也被描述爲「通曉男女之情的婦女」，並沒有斷言是老婦人。業平也有可能是抱著撒嬌的心態，稱「好色的半老徐娘」爲「老嫗」，而故意稱「看起來比實際年紀年輕的婦女」爲「白髮婦女」，反過來強調年輕，這種解釋也說得通。

（不過，這位「通曉男女之情的婦女」是三個孩子的母親，因此肯定年逾三十。而且，她的老三抓住業平的馬嘴，對他說：

「家母想和你上床。」

居中牽線，因此能夠充分想像，她的年紀相當大。）

我一開始心想，這位「白髮婦女」是不是戴假髮呢？因爲我想起了在中世紀的西歐妓院，有一種儀式性的性行爲，嫖客經常會讓年輕妓女戴上白色假髮，一邊喊「媽，好爽」，一邊強姦她。

但是，在此還是將「白髮婦女」，按照字面上的意思，解讀爲白髮老嫗比較好。實際上，隨著年紀增長，越來越懂男女之情的婦女也並不罕見。儘管如此，這篇故事之所以看起來有些另類，原因在於「白髮婦女」的眞面目，看起來有幾分神祕。

確實，在原氏的老五——中將業平，和平凡的三子之母（八成是未亡人）之間，或許難以發現血緣關係。而且，婦女並非「挑選業平，向他求歡」，而是「只要是年輕男人，任何人都好」。從這個部分也能感受到作者的態度，試圖將兩人之間的關係，當作性愛獨立的人際關係。

老三占夢道「一定會出現好男人」，婦女心情大好。老三認爲，其他男人毫無愛憐之心。

「占夢」是指判斷夢的吉凶，婦女謊稱作了一個根本沒作過的夢，間接地向兒子訴說自己「想要男人」。

而老三心想「大部分的男人應該了無情趣」，爲了母親挑選以遊戲人間而聞名的美男子——業平，拜託他「請你務必和家母上床」。

三男的立場肯定使得第六十三段顯得突出。一個是拜託「請和家母上床」的男人，一個是「同情他母親」，接受他的請求，「和他母親上床」的男人。兩個男人之間，以母親的情慾為媒介，相互信賴。

另一方面，白髮母親編造一大段虛假的夢境，讓兒子去尋找男人，邀請那個男人到家裡，沉溺於性愛之中給兒子看，非但「不可憐」，反倒可說是個「狠角色」。

就人世間的慣例而言，人們總是愛其所愛，不愛其所不愛，但這個男人無論自己愛與不愛，皆無分別之心。

作者半是讚嘆業平的博愛，半是錯愕，結束故事。

然而，一如往常地將第六十三段解讀為「業平『賦予的愛』『典型的理想男性』」，並不恰當。

《伊勢物語》中，一閃即逝的歡愉殉教性（亦即和生殖、用來維持「家」的情感切割開來的情慾），暗示了有時候連自己的母親，都有可能作爲其對象。

「皆無分別之心」顯示業平的強烈好奇心，或者尋求歡愉的熱情，甚至是和「白髮婦女」所象徵的母親角色私通這種心態。

正因如此，如同伊底帕斯一樣，業平也擺脫不了「自我認同這個心病」，一而再、再而三地不斷閱歷女人。

一時情慾動　欲攀花折枝
竟不窺花容　靜待月隱時

尋找復仇的父親——塚本邦雄

弑父旅館裡　腳沒於長毛地毯　渴求父若斯

讓我們思考一下，塚本邦雄心中關於父親的問題。
這首和歌的情況下，父親的形象被轉喻爲弑父旅館的「長毛地毯」。
那是極爲性別的事物，令人想起身爲雄性的父親。
而以「腳沒於」父親這種形容，表現塚本邦雄意欲愛撫父親這種父子亂倫的願望，直接成爲貫穿塚本邦雄的文學的主題。
問題在於這個「父親」究竟代表塚本的父親，抑或身爲父親的塚本呢？
假如是前者，已經年逾五十的塚本用腳擺弄長毛地毯，愛戀不在身邊的父親的身影，未免異常。八成是映照於弑父旅館的鏡子裡的塚本，變身爲少年，而那名少年愛戀的父親，在他腦海中幻化爲現在的塚本模樣。濃烈的自戀就像是乳液一樣，遍布全身。分身宛如3D立體的畫，解體、重現塚本邦雄的輪廓。害臊和原罪的意識、「腳」的憨直，隨著幽默，令人感到十分悲傷。

象牙響板上刻著花體字　Mario　父親的名字　不知其去向

自從塚本在年輕時寫下這首有名的和歌之後，不在身邊的父親和持續尋找他的「我」，以及兩者其實是同一個人這種眞相大白的意外性，於數十年間，同義反覆出現於塚本的和歌中。

舉例來說，這兩首和歌前後相隔數十年的歲月，於弒父旅館憶起在響板刻下Mario這個名字，遊蕩在外的父親的塚本邦雄，以及坐在大阪的貿易公司會計辦公桌前，戴著勤奮上班族的假面具，逃亡者Mario——其實是另一個塚本邦雄，顯然是隔著時間倒錯的同一個人。畢竟塚本本身老早就成爲父親，之所以在「弒父旅館渴求父親」，應該是因爲心目中的「父親」原型，超越自己在日常的現實原則中扮演的父親。

身爲男人的父親　禁果的宿命　年輕人一柱擎天　卻又能如何

在這種和歌之中，「身爲男人的父親」和「年輕人」顯然也同時是塚本本身。塚本的和歌之所以總是看起來具有敘事性、客觀性，純粹是因爲和歌中直接具有「對立的同時性」，讓父子的關係對立，而自己沒有站在任何一方的立場（因此也站在雙方的立場）。

而其中若是允許引用佛洛伊德式分析，應該能夠分析成這是「沒有弒父」「沒有和母親上床」，虛度青年時期的塚本邦雄本身令人傻眼的自我觀察。

壯年的猥褻之淚　醋瓶上一道　垂直的傷痕

這些優秀的和歌是在填補塚本的和歌主題「父親不在身邊」的缺憾，其實是在表白塚本本身的肉體。而它們幾乎都是由單性生殖的潔癖背書的情慾和歌。瓶子、柱子、腳，這些都是在比喻塚本的男根，同時像是阿萊夫一樣，是映照出全宇宙的圓錐。可以試著將「父親」這兩個字，全部置換成「我」這一個字。和歌顯然顯現了潛藏於所有修辭底下的塚本邦雄的眞心。

文章的開頭寫得有些急躁且武斷，在此，我想要從我最愛的作家之一，路易斯・波赫士的《特隆、烏克巴、第三星球》中，引用關於父親所寫的一段。那是不存在這世上的百科辭典中，一項虛幻敘述的部分描述。

對於擁有精神性認知的人而言，可視的宇宙是幻影或謬誤（更正確地說）。鏡子和父親使其宇宙繁殖、擴散，因此令人厭惡。

塚本愛著使可視的宇宙繁殖的可惡種馬、身爲雄性的父親。而從他下定決心，永遠站在擁護父親這一方時起，塚本成爲靈肉分離的情慾猶大。

譬如父親的眼眸　含冤惹人憐　恰似雙層信封中　爽朗的群青　一翻兩瞪眼

如此和善！

如果這是針對別人描述，就僅止於一首美麗的抒情歌，然而，光是替換一個字，變成「譬如『我』的眼眸含冤惹人憐　恰似雙層信封中爽朗的群青　一翻兩瞪眼」，意思就會相反。

每次看到這首和歌，幾乎總會讓我想起尙・惹內的《繁花聖母》中的一段。明明已經因爲身爲父親而「有罪」，事到如今，還喊什麼「冤枉」呢？在僅因身爲罪人才能昇華的日常現實原則中，塚本無比世俗，亦接受「站在精神性認知者立場」的內疚。因爲身爲父親的殉教性，在塚本心中未必會透過讚美而獲得彌補。

年邁老父視茫茫　於暗處嚙咬青梅　令我心悲傷

父親比我活更久　回想不堪的一生　猶如反芻的公牛　嚮往燦爛的太陽

塚本將這種醜陋的父親，作爲自己該羞恥的屬性，同時身爲可惡的鄰人冷眼旁觀，但也沒有忘記用另一隻眼睛，讚美父親。

倒著提起小嬰兒　慈愛的年輕父親　米諾陶洛斯　頸項　脈搏強勁又有力

父親週六吃枇杷　恰似哈倫・拉希德　濡濕的鬍鬚

昔日高大的父親　尿在雪地裡　寫出巨大花體字

將嬰兒像是剛砍下來的頭顱一樣，頭下腳上地提起，站起身來，人高馬大，宛如蓄鬍的米諾陶洛斯，身為雄性的父親，以及父親發散的雄性魅力中，存在塚本夢魅以求的「完美男人」形象。然而，從先前例舉的兩首和歌中的初老父親身上，慘不忍睹地預見了遭到年輕時的肉體報復的男人下場。

說到這裡，我轉念一想。

出現在這些和歌中的「塚本」的父親，為何必須是「父親」呢？塚本如何掛保證，「父親」非得是「男人」和「兄長」不可的理由呢？

說到父親，塚本捨棄了父親和家庭、家人之間的關連這種常識。

在塚本的和歌中所描述的父親是孤家寡人，身爲一名雄性，站在悲劇的懸崖。塚本透過超越父親具有的社會性、家父具有的階級象徵性等事物，將父親當作獨一無二的骨肉至親象徵物，而不是相對的角色。

結果，父親被戴上覆蓋人格的神明假面具。

爲父形同當死神　或套上業火鞋套

父親使可視的宇宙繁殖，身爲不可視的角色，那是當然的。那是只能活在塚本夢想中的父親，也是在日常的現實原則中，不存在的父親。

塚本在他的和歌中，以「昔日高大的父親」這種過去式歌頌父親，而感嘆「渴求父若斯」「不知其去向」，也並非毫無理由。

塚本的文學整體性因一名父親不存在而完整，那應該蘊含著許多謎題，光是推理塚本下意識的領域，委實無解。

在此，我意識到自己的方法中，有兩個途徑。

其中一個是，針對塚本邦雄的親生父親談論，挖出祖宗十八代的社會派推理小說手法。對於少年時期的塚本邦雄而言，父親究竟扮演了怎樣的角色？若是鉅細靡遺地描述其身高、相貌、經濟能力等基本資料，毫無闕漏地調查出他記憶中的其他眾多男人（使得塚本邦雄內心世界中的「父親」消滅與產生，並且發揮補完父親形象的作用），或許令人意外的事實會意想不到地浮上檯面。舉例來說，像是推理塚本邦雄爲了隱藏「實際存在的父親」的羞恥部分，像個賣面具的商人一樣，擺出一百個不存在的父親的假面具。

但是，那未免太過刻板。恐怕在塚本和歌中的「父親」，以及塚本戶籍上的父親之間，沒有任何共通之處（就試圖在潛意識的領域連結兩者，將佛洛伊德哲學方便化的近代主義式文學評論而言），而將擁有米諾陶洛斯肉體的塚本邦雄的「父親」，貶低爲補完塚本本身內在缺陷的替代品。我不想採取這種無論對於作者或讀者而言，都稱不上幸福的破案方法。

那麼，採取另一個方法，試著將「父親」解讀爲「所有父親」或「父親的原型」如何？

現代是「父親不在身邊」的時代，社會總是在家庭的核心，持續要求父親形象。而需要父親的政治、宗教，如實道出了沒有父親的時代的疲敝。

在亞瑟・米勒的《推銷員之死》中所描述的中年推銷員——威利・洛曼，可說是放棄身爲該時代的一種典型父親之後，（或許會）代替他出現，人高馬大、只會「用尿寫出巨大花體字」、擁有大陽具的新父親出現之前，漫長的交替空窗期內，父親不存在。然而，人高大馬、擁有大陽具、蓄鬍，宛如米諾陶洛斯的「新父親」，眞的會出現嗎？

那不是叔父，確實是父親嗎？一面拼湊塚本邦雄和歌中的父親形象，將其中顯現的一名「父親」，對照該時代「父親不在身邊」的狀況，一面進行討論這種手法，或許會比前者更加有趣。然而，那只會將塚本和歌中的「父親」具有的特有性一般化，使其輪廓更加模糊。

如今，該視爲問題的反倒是如何採取個別的方法，將太過模糊的「父親」形象，從記憶中的父親拉近至現實中的父親，這也是一種「尋人」的神話學，應該尋找出「人高馬大」的「Mario」「不知其去向」的父親。

弑父旅館　此旅館是我當時創作的根據地。我對於在艾略特的《荒原》中，主角和士每拿的葡萄商人——尤金尼德斯上床的大都會飯店，當然也深感興趣，但是爲了抒發對於鮮血的強烈厭惡和不信任，這間大白天充滿黑暗的旅館才適合。我在此殺死父母、嘲笑自己的誕生、詛咒婚姻，執拗地試著追究所有人類理直氣壯地繁殖的源頭。而這也就是和這本歌集中的四百首和歌相關的主題。

（《水銀傳說》跋）

在此，塚本在弒父時，一併殺死了母親。爲何父親唯獨被殺時，才擁有和母親平等的地位？首先，我對此感到疑惑。

弒父之後，和母親上床，讓母親產生「可惡的可視現實」，自己藉此取代父親，這種反覆在此斷絕。但是，「如果連母親也殺死，就能避免可惡的繁殖」這種對波赫士的譏諷，究竟是否會按照語意生效呢？

從前，塚本在《裝飾樂句》中寫道：

煤灰夾雜白雪中　我們降臨此世上　老鼠生不出龍鳳
留下的孩子　只會像我們

半死心地接受了自己的父化。

然而，隨著對於「可視的繁殖」的厭惡日漸加深，想到弒父，只留下母親，自己因此不得不代替父親的過程中，必須面對歷史的矛盾。

生子並非業因果　父親晚年齒潔白　化爲草食獸

塚本領悟到生子非因前世的業因，爲了避免重蹈覆轍，想到「弒父」。同樣地，殺死母親。何況母親總是因爲和父子兩個男人之間的齟齬而煩惱，一直想要殺掉其中一人。

母親泡著檸檬浴　夢到刺死親生子　母乳復何用

塚本想要「殺死父母、嘲笑自己的誕生、詛咒婚姻，執拗地試著追究所有人類理直氣壯地繁殖的源頭」，他的意圖姑且達成。如此一來，塚本透過精神性認知，成爲不可視世界的祭司。但是，縱然在言語這個不可視的領域中，殺死父母，也不會在日常的現實原則中，掙脫其「父親」、其「母親」的束縛。

殺死一次的父親、母親，會三番兩次地在和歌中復活。

愛是一生的懲罰　也是我遲暮之年　高及大腿的罌粟

已經身爲父親，但總是一直想要成爲父親的男人，另一方面，尚且無法成爲父親，想要避免身爲父親而煩惱的男人。

那就是塚本邦雄。

塚本試圖從可視與不可視參半的世界，以及由幻想與日常、記憶與體驗、數理與性愛互相補完而總是完整的小宇宙逃脫，但是他的企圖在定型詩的圓環性中，屢屢遭到封殺。一殺再殺也死不了的父親，其肥胖的肉身在夜間游泳池泅泳的哺乳動物不死之身的醜態，透過想像而被淨化。人高馬大、蓄鬍、不知其去向的Mario，原本就不是塚本心目中的理想父親形象。那只是透過辭彙修飾「父親」這個理性的現實形態，試圖融合可視世界和不可視世界的權宜之計罷了。

塚本邦雄永遠以「父親」的身分「存在」，但是「無法成爲」父親。其矛盾存在塚本自己心中。塚本僅將父親訂定爲性愛用語，捨棄了該詞彙具有的宗教性、家庭性、教育性、經濟性等眾多屬性，因此只能間接地和父親相關，落入不得不將自己的美學只賭在其單戀上的宿命。

在塚本的腦海中，有一個總是不存在的父親的隱身處。塚本無論試圖用任何方法，斬斷作爲自己繁殖力的性愛，終究無法逃出自己創造出的父親的手掌心。縱然將父親更換成「我」這個同義詞，也是枉然。

巨頭父親在沉睡　傑克於心中　砍伐豌豆樹　叮叮叮叮響

少年偵探團同學會──江戶川亂步

當時，在全東京的大街小巷、家家戶戶，凡是兩人以上碰面，都會像是在聊天氣一樣，談論怪盜「二十面相」。「二十面相」是一名不可思議的盜賊的綽號，報紙每天都會大肆報導他。

「二十進位法」之謎，深深困擾著少年時期的我。因爲我不懂怪盜二十面相爲何不是十面相、百面相，而是「二十」面相。

但是，這個數字並非單純的偶然，而是極爲重要的某種暗喻。我好歹也明白這一點。當時，我和母親兩人生活在火災過後，臨時搭建於廢墟的木板屋，對我而言，唯一的共同娛樂是四管超級收音機。每週六晚上，打開收音機，發出「嘰～」這種類似大門傾軋的聲音，播音員像是在報帶給人們希望的福音似地，高喊：「二十道門！」然後響起盛大的掌聲，光線從眞空管照進來。

那是一個極爲平凡的猜謎節目，只允許發問二十次，在那二十次發問的期間內，推理、猜中消失事物的遊戲，但我心想，在能夠發問「二十次」和怪盜二十面相能夠進行「二十種」變裝之間，是否能夠發現用來解謎的共通迴路？

但是，我無法發現那種迴路。

唯一的提示是，昭和「二十」年（一九四五年）戰爭結束，我的父親過世，我們母子流落街頭。但是，該如何整合這些資料才好呢？

江戶川亂步小時候，名古屋地區有一種遊戲叫做「藏垃圾」。玩法是「一個孩子在地面畫出方形的區域，將某種特定的垃圾，像是火柴棒大小的木片或稻稈、小石頭等，埋在那個區域中的土裡藏起來之後，其他孩子找出它」，可說是一種極端縮小「捉迷藏」的遊戲。那種遊戲的樂趣一直伴隨亂步，變成青年之後，「他也常玩，和朋友輪流藏東西，譬如將一張名片藏在桌面」。

桌面亂七八糟地擺放著書本、硯台、香菸和菸灰缸等。舉例來說，「亂步會將當時流行的朝日、敷島等品牌的香菸，作爲濾嘴芯材的厚紙抽出來，然後將要藏起來的名片捲成細筒狀塞進去」。或者在名片的一面塗滿墨汁，貼在黑色的托盤底部藏起來。

這件事應該清楚表現出了江戶川亂步的部分性向。也就是說，他從小就站在「隱藏」這一方，對於這世上別人已經提出的謎題、事先被藏起來的事物的宇宙，幾乎不感興趣。

說到我對於捉迷藏的回憶，我總是當鬼，到處尋找看不見的孩子們，僅止於此，但亂步則是將自己整個隱藏於薄暮之中，引誘其他孩子「好，你們找找看」。

偵探小說中的「隱藏」結構，看起來是「犯人隱藏，偵探尋找」，但實情是「作者隱藏，讀者尋找」，作者造就所有的謎題。

在羅伯特・巴爾的短篇中，一名老守財奴將大量的金幣熔化，製成金條，然後敲打延展得像紙一般薄，將其貼在整個家裡的牆上，再貼上壁紙隱藏。而在狄克森・卡爾筆下，義大利的梅迪奇家族命案中，犯人以冰的碎片製成的弓，射殺男主人，溶化冰弓，隱藏凶器。無論在任何一部小說中，思考「隱藏方法」的總是作者本身，而不是犯人。

盧布朗在《水晶瓶塞》中，下了一番巧思，將紙片藏在義眼的空洞。從此之後，作家們開始熱衷於「藏人」。那已經一腳踏進了透過想像力犯罪的領域。作者們在書中殺人，隱藏其屍體。鄧薩尼吃掉屍體；愛倫．坡、亂步將屍體泥封於牆裡；尼可拉斯．布雷克將屍體藏在雪人中；亂步將屍體藏在垃圾桶的垃圾中。

他們在世界這個謎團中，虛構另一個謎題；在現實中，建立另一個現實。怪盜二十面相是亂步本身，因此理所當然地，亂步本身「隱藏自己的方法」也別出心裁。

亂步寫道：

我曾經想寫一個人變成書的故事。

《人間椅子》這部小說的構想，也是借用變身故事這種形式的「隱藏自己的方法」。關於這種事，亂步寫道：「人不滿足於原原本本的自己。想要變成俊美的王子、騎士，或者想要變成美麗的公主，是最爲平凡的願望。」（一九五三年《偵探俱樂部》變身願望）其中，主角從騎士、王子到一寸法師、人間椅子，「變身」成各種身分，但是在江戶川亂步的作品中，「變身」不是形容的手段、表現方法的手段，而是隱蔽的手段、隱藏方法的手段，這個部分應該是他的特色。

亂步會隱藏，但是並非想要消失不見，而是試圖讓讀者尋找躲起來的自己，而且是以「自己一定會被找到」爲前提。因此，亂步設下的謎題會讓讀者開心，不會讓讀者感到困惑。頂多只是一個遊戲，該遊戲會在亂步的書中最後一頁結束。

少年時期的我心想：「世界明明如此充滿謎題，偵探小說家們爲何還要試圖創造新的謎題？」

實際上，謎題是由「解謎的人」所創造，縱然亂步也自以爲是站在「隱藏」「設下謎題」這一方，但就實情而言，他難道不是借用「設下謎題」這個虛構的手法，持續摸索幕後的世界嗎？爲了掩飾自己是解謎、尋找被隱藏的事物的人，總是隱藏小小的事物，小題大作，讓人尋找它，掩人耳目。甚至連其筆名——江戶川亂步（Edogawa Ranpo），都是取自埃德加・愛倫・坡（Edgar Allan Poe）。比起他本身的謎題，他試圖解開卻沒解開的謎題，更加吸引我。

波赫士在他的《阿萊夫》的扉頁中，引用法蘭西斯・培根的句子。

所羅門說：

「天底下沒有新鮮事。」如同柏拉圖所構想，「所有知識不過是記憶罷了」。

因此，所羅門說：

「所有新奇的事物不過都是被人遺忘的事物。」

亂步也看穿了事物的存在本身，是已經先驗的謎題。作家只不過是從「無法揭開謎底的謎題，不是謎題」這種立場，在說故事。

因此，他僞裝成一般常人，對於飛碟、超自然現象和心電感應等一笑置之，表面上假裝將日常的現實原則和幻想的謎題世界劃清界線。舉例來說，在《帶著貼畫旅行的男人》的開頭寫道：

倘若這件事不是我的夢，或者我暫時的瘋狂幻想，那個帶著貼畫旅行的男人，肯定才是瘋子。

實際上，這不是亂步的夢，也不是暫時的瘋狂幻想，而是理性的產物，換句話說，是以亂步的常識所撰寫的故事。

同樣地，亂步經常寫「身爲作者的我感到噁心」「憑常識實在無法置信」「是否感到了莫以名狀的戰慄」等，但那是隱藏在觀察的第三者心中，既非亂步的眞心話，也不是本性。他像是在被奇異幻想妝點的「桌面」，隱藏一張名片似地，隱藏謎題，爲了盡量讓它長久不被解開，散布各種謠言，令讀者混亂。其本質類似玩捉迷藏而躲在倉庫的少年，一方面「不想被鬼找到」，另一方面「想快點被鬼找到」，因爲兩種矛盾的心情而屏住呼吸。

江戸川亂步的小說看似具有老處男的情慾這種趣味，但是在其深處卻能看出一種無與倫比的親切感。那就像是波赫士一樣，不是一旦進去就出不來的迷宮等，而是入口一定通向出口的鬼怪花園。

亂步總是以未變聲的高亢嗓音，從其內側對玩捉迷藏當鬼的普羅大眾高喊「我躲好了」。但是，一旦找到他，現身的不是像聲音一樣美的青年，而是躲藏太久的老殘處男。

我曾經是一個加入「少年偵探團」，在操場的櫻花樹下被明智小五郎叔叔雞姦的國中生，但是如今改邪歸正，重獲新生。我已經不會再受騙了。

假如變成江戸川亂步設下的謎題俘虜，就會變得「只看著鳥，卻忽視了鳥背後的遼闊天空」（三好達治）。

日文系 051

我這個謎：寺山修司自傳抄

作者—寺山修司
譯者—張智淵
出版者—大田出版有限公司
台北市一〇四四五中山北路二段二十六巷二號二樓
E-mail—titan3@ms22.hinet.net http：//www.titan3.com.tw
編輯部專線—（02）2562-1383 傳真：（02）2581-8761
總編輯—莊培園
副總編輯—蔡鳳儀
行銷企劃—陳映璇／黃凱玉
行政編輯—林珈羽
校對—金文蕙／黃薇霓
初刷—二〇一九年七月一日 定價：三五〇元
二刷—二〇二〇年十二月二十五日
總經銷—知己圖書股份有限公司
台北—一〇六台北市大安區辛亥路一段三十號九樓
TEL：02-23672044／23672047 FAX：02-23635741
台中—四〇七台中市西屯區工業三十路一號一樓
TEL：04-23595819 FAX：04-23595493
E-mail—service@morningstar.com.tw
網路書店—http://www.morningstar.com.tw
讀者專線—04-23595819＃230
郵政劃撥—15060393（知己圖書股份有限公司）
印刷—上好印刷股份有限公司
國際書碼—978-986-179-563-8 CIP：861.67/108006390

填回函雙重禮
①立即送購書優惠券
②抽獎小禮物

國家圖書館出版品預行編目資料

我這個謎／寺山修司著；張智淵譯．
——初版——臺北市：大田，2019.07
面；公分．——（日文系；051）
ISBN 978-986-179-563-8（平裝）

861.67 108006390